COLLECTION FONDÉE EN 1984
PAR ALAIN HORIC
ET GASTON MIRON

TYPO EST DIRIGÉE PAR
PIERRE GRAVELINE

AVEC LA COLLABORATION DE
ROBERT LALIBERTÉ
SIMONE SAUREN
ET JEAN-YVES SOUCY

D1354551

TYPO bénéficie du soutien de la Société de développement des entreprises culturelles du Québec (SODEC) pour son programme d'édition.

Gouvernement du Québec – Programme de crédit d'impôt pour l'édition de livres – Gestion SODEC.

Nous reconnaissons l'aide financière du gouvernement du Canada par l'entremise du Programme d'aide au développement de l'industrie de l'édition (PADIÉ) pour nos activités d'édition.

Nous remercions le Conseil des Arts du Canada de l'aide accordée à notre programme de publication.

L'ODEUR DU CAFÉ

DANY LAFERRIÈRE

L'Odeur du café

Récit

TYPO

Éditions TYPO
Une division du groupe Ville-Marie Littérature
1010, rue de La Gauchetière Est
Montréal, Québec H2L 2N5
Tél. : (514) 523-1182
Téléc. : (514) 282-7530
Courriel : vlm@sogides.com

Illustration de la couverture : Alphonse Inatace, Superstock

Données de catalogage avant publication (Canada)

Laferrière, Dany
    L'Odeur du café
    Éd. originale : Montréal : VLB, 1991.
    Comprend des réf. bibliogr.
    ISBN 2-89295-159-3
    I. Titre
PS8573.A348033   1999   C843'.54   C99-940927-1
PS9573.A348033   1999
PQ3919.2.L33033   1999

DISTRIBUTEURS EXCLUSIFS :

• Pour le Québec, le Canada et les États-Unis :   • Pour la France :
LES MESSAGERIES ADP*   Librairie du Québec – D.E.Q.
955, rue Amherst   30, rue Gay-Lussac, 75005 Paris
Montréal, Québec   Tél. : 01 43 54 49 02
H2L 3K4   Téléc. : 01 43 54 39 15
Tél. : (514) 523-1182   Courriel : liquebec@cybercable.fr
Téléc. : (514) 939-0406
* Filiale de Sogides ltée

• Pour la Suisse :
TRANSAT S.A.
4 Ter, route des Jeunes
C.P. 1210
1211 Genève 26
Tél. : (41-22) 342.77.40
Téléc. : (41-22) 343.46.46

Pour en savoir davantage sur nos publications,
visitez notre site : **www.edtypo.com**
Autres sites à visiter : www.edhomme.com • www.edjour.com
www.edvlb.com • www.edhexagone.com • www.edutilis.com

Édition originale :
© Dany Laferrière, *L'Odeur du café*,
Montréal, VLB éditeur, 1991.

Dépôt légal : 4ᵉ trimestre 1999
Bibliothèque nationale du Québec
Bibliothèque nationale du Canada

*À Da, ma grand-mère, à Marie, ma mère,
à Ketty, ma sœur, à mes tantes, Renée, Gilberte,
Raymonde, Ninine, à Maggie, ma femme, et à Melissa,
Sarah, et Alexandra, mes filles, cette lignée interminable
de femmes qui, de nuit en nuit, m'ont conçu et engendré.*

Grands faucons, noirs compagnons
de mes songes
qu'avez-vous fait du paysage ?
qu'avez-vous fait de mon enfance ?

                    J. F. BRIERRE

PREMIÈRE PARTIE

CHAPITRE PREMIER

La galerie

L'ÉTÉ 63

J'ai passé mon enfance à Petit-Goâve, à quelques kilomètres de Port-au-Prince. Si vous prenez la Nationale Sud, c'est un peu après le terrible morne Tapion. Laissez rouler votre camion (on voyage en camion, bien sûr) jusqu'aux casernes (jaune feu), tournez tranquillement à gauche, une légère pente à grimper, et essayez de vous arrêter au 88 de la rue Lamarre.

Il est fort possible que vous voyiez, assis sur la galerie, une vieille dame au visage serein et souriant à côté d'un petit garçon de dix ans. La vieille dame, c'est ma grand-mère. Il faut l'appeler Da. Da tout court. L'enfant, c'est moi. Et c'est l'été 63.

DE FORTES FIÈVRES

Quand on y pense bien, il ne s'est rien passé durant cet été, sinon que j'ai eu dix ans. Il faut dire que j'ai été un peu malade, j'ai eu de fortes fièvres, et c'est pour cela que vous m'avez trouvé tranquillement assis aux pieds de ma grand-mère. Selon le bon docteur Cayemitte (un beau nom de fruit tropical), je devais garder le lit durant toutes les grandes vacances. Da m'a permis de rester sur la galerie à écouter les cris fous de mes copains qui jouent au football, tout à côté, dans le parc à bestiaux. L'odeur du fumier me monte aux narines.

LE PAYSAGE

On dirait un dessin de peintre naïf avec, au loin, de grosses montagnes chauves et fumantes. Là-haut, les paysans ramassent le bois sec pour le brûler. Je distingue les silhouettes d'un homme, d'une femme et de trois enfants dans le coin du vieux morne. L'homme est en train de faire un feu à trois pas de sa maison, une petite chaumière avec une porte et deux fenêtres. La femme vient de rentrer dans la maison d'où elle ressort immédiatement pour aller se placer devant l'homme. Elle lui parle en faisant de grands gestes avec les bras. Une fumée noire et épaisse monte vers un ciel bleu clair. L'homme ramasse un paquet de brindilles qu'il jette dans le feu. La flamme devient plus vive. Les enfants courent tout autour de la maison. La femme les fait entrer et retourne de nouveau vers l'homme. Le feu est entre eux deux.

Je raconte tout cela à Da. Il faut dire que je raconte tout à Da. Da dit que j'ai un œil d'aigle.

LA MER

Je n'ai qu'à me tourner pour voir un soleil rouge plonger doucement dans la mer turquoise. La mer des Caraïbes se trouve au bout de ma rue. Je la vois scintiller entre les cocotiers, derrière les casernes.

VENT

Je sens parfois, tard l'après-midi, le souffle de l'alizé dans mon cou. Un vent léger qui soulève à peine la poussière de la rue et, quelquefois, les robes noires des paysannes qui descendent des mornes avec un sac de charbon en équilibre sur la tête.

UN LIQUIDE JAUNE

Une fois, une paysanne s'est arrêtée presque devant notre galerie. Elle a écarté ses jambes maigres sous la robe noire et un puissant jet de liquide jaune a suivi le mouvement. Elle a relevé légèrement sa robe tout en regardant droit devant elle. Le sac de charbon n'a pas bougé.

Un fou rire.

CHIEN

Nous avons un chien, mais il est si maigre et si laid que je fais semblant de ne pas le connaître. Il a eu un accident et depuis, il a une drôle de démarche.

On dirait qu'il porte des chaussures à talons hauts, et qu'il a adopté la démarche prudente et élégante des vieilles dames qui reviennent de l'église. On l'appelle Marquis, mais mes amis le surnomment « madame la marquise ».

LA BICYCLETTE ROUGE

Cet été encore, je n'aurai pas la bicyclette tant rêvée. La bicyclette rouge promise. Bien sûr, je n'aurais pas pu la monter à cause de mes vertiges, mais il n'y a rien de plus vivant qu'une bicyclette contre un mur. Une bicyclette rouge.

LA FUGUE

L'été dernier, j'avais volé une bicyclette, la bicyclette de Montilas, le forgeron, juste devant chez lui. La bicyclette était appuyée contre un arbre, près de la bibliothèque communale. À l'ombre. On aurait dit que cette vieille bicyclette attendait quelqu'un pour filer vers le sud. Je l'ai enfourchée doucement et j'ai roulé devant moi jusqu'à la Petite Guinée en passant derrière l'église. Il y a une légère pente à descendre. Et la bicyclette de Montilas était bien huilée. La poitrine au vent, sans chemise (je l'ai attachée à ma taille), je n'ai pas vu le temps passer. C'est la première fois que je vais si loin dans cette direction. Quand je suis revenu, le soleil était à moitié dans la mer. Da m'attendait, debout sur la galerie.

Robe jaune

Je ne l'ai pas vue venir. Elle est arrivée dans mon dos, comme toujours. Elle revenait de la messe de l'après-midi avec sa mère. Vava habite en haut de la pente. Elle porte une robe jaune. Comme la fièvre du même nom.

Cerf-volant

Je la regarde longuement. Sa mère lui tient fermement la main. Je compte le nombre de pas qu'il lui faut pour arriver chez elle. Des fois, elle me donne l'impression d'être un cerf-volant au-dessus des arbres. Le fil est invisible.

La rue

Notre rue n'est pas droite. Elle court comme un cobra aveuglé par le soleil. Elle part des casernes pour s'arrêter brutalement au pied de la croix du Jubilée. C'est une rue de spéculateurs qui achètent du café ou du sisal aux paysans. Le samedi, c'est jour de marché. Une vraie fourmilière. Les gens viennent des douze sections rurales environnantes qui forment le district de Petit-Goâve. Ils vont pieds nus avec un large chapeau de paille sur la tête. Les mulets les précèdent, chargés de sacs de café. Bien avant le lever du soleil, on entend un vacarme dans la rue. Les bêtes piaffent. Les hommes hurlent. Les femmes crient. Da se lève tôt, le samedi, pour leur préparer du café. Un café très noir.

La pêche

Les femmes vendent des œufs, des légumes, des fruits, du lait pour s'acheter du sel, du sucre, du savon ou de l'huile. Marquis, mon chien, adore circuler dans la foule et me ramener, dans sa gueule, un morceau de savon ou un poisson. Il le dépose près de moi, me regarde de ses yeux doux avant de retourner brusquement à la pêche.

Le café des Palmes

Le meilleur café, d'après Da, est le café de la région des Palmes. En tout cas, c'est ce qu'elle boit toujours. Da ne peut plus acheter du café en très grande quantité, comme autrefois. Nous avons fait faillite, il y a une dizaine d'années, bien avant la mort de mon grand-père. Malgré tout, les paysans continuent à offrir à Da de lui vendre du café. Quand ils voient qu'elle n'a pas d'argent, ils déposent sur la galerie un demi-sac de café en grains. Da regarde ailleurs et ils s'en vont sans se faire payer. Ce café va durer une semaine parce que Da en offre à tout le monde.

LE PARADIS

Un jour, j'ai demandé à Da de m'expliquer le paradis. Elle m'a montré sa cafetière. C'est le café des Palmes que Da préfère, surtout à cause de son odeur. L'odeur du café des Palmes. Da ferme les yeux. Moi, l'odeur me donne des vertiges.

LE TABAC

Toutes les paysannes fument la pipe, une petite pipe en terre cuite rouge. De grandes feuilles de tabac séchées qu'elles frottent entre leurs paumes pour en faire de la poudre. Elles fument leur pipe sous de larges chapeaux de paille.

LA TASSE BLEUE

Da est assise sur une grosse chaise avec, à ses pieds, une cafetière. Je ne suis pas loin d'elle, couché sur le ventre à regarder les fourmis.

Les gens s'arrêtent, de temps en temps, pour parler à Da.

— Comment ça va, Da ?

— Très bien, Absalom.

— Et le corps, Da ?

— Grâce à Dieu, ça va... Une gorgée de café, Absalom ?

— Je ne refuserai pas, Da.

Le visage fermé d'Absalom en train de humer le café. Il le boit lentement et fait claquer sa langue de temps en temps. La petite tasse bleue que Da réserve aux initiés. La dernière gorgée. Absalom soupire, Da sourit. Il rend la tasse et remercie Da en soulevant son chapeau.

LES FOURMIS

La galerie est pavée de briques jaunes. Dans les interstices vivent des colonies de fourmis. Il y a les petites fourmis noires, gaies et un peu folles. Les fourmis rouges, cruelles et carnivores. Et les pires, les fourmis ailées.

Sur ma gauche : une libellule couverte de fourmis.

SANS OS

J'ai un corps élastique. Je peux l'allonger, le raccourcir, le gonfler ou l'aplatir comme je veux. Mais généralement, j'ai un long corps sans os (comme une anguille). Quand on veut m'attraper, je glisse entre les doigts.

— Qu'est-ce que tu as à te tortiller comme ça ? me demande Da.

— J'ai envie d'aller là-bas.

— Tu sais que tu es malade.

— Juste les regarder.

— Pas plus d'une heure alors.

Je file vers le parc communal.

Le parc communal

C'est une place où les paysans attachent leurs chevaux quand ils descendent au marché. Au vrai, ils les laissent au vieil Oginé qui s'occupe de leur trouver un bon coin dans le parc. Il leur apporte du foin en quantité et leur donne à boire quand le soleil est au zénith. La plupart de ces chevaux ont le dos couvert de plaies. Oginé frotte vigoureusement leur dos avec une brosse avant de poser de grandes feuilles sur leurs plaies vives. Les bêtes se laissent faire sans broncher. C'est Oginé, le gardien du parc. On lui donne quelque chose (de l'argent ou des fruits) et il nous laisse jouer au football à côté des animaux. L'odeur du fumier m'indispose chaque fois. Je m'agrippe à l'encolure d'un cheval. Le cheval a l'œil gauche garni de mouches (de petites mouches vertes). Malgré tout, je ne bougerai pas de là. J'attendrai la fin du match.

Les bêtes

Les bêtes sont dangereuses. Il faut surtout surveiller celles qui font semblant de dormir. L'année dernière, Auguste a reçu un coup de sabot à l'estomac. C'était au début des vacances. Il a passé tout le mois de juillet couché dans un lit. Sa mère lui a mis des dizaines de petites sangsues sur l'estomac pour sucer le mauvais sang. Dès qu'elle tournait le dos, Auguste avalait les sangsues une par une. Il ne faut jamais se mettre derrière une bête. C'est ce que Da me dit chaque fois que je vais au parc.

JEU

Il fait presque noir et ils continuent à jouer dans le parc. Ils ne s'arrêteront que lorsqu'il fera tout à fait noir et que personne ne pourra voir le ballon. Une fois, on a continué malgré l'obscurité. C'est toujours comme ça dans les premiers jours de l'été. On a envie d'aller au bout de tout.

LA NUIT

Da aime veiller tard. Une fois, elle a vu Gédéon, suivi de son chien blanc, qui se dirigeait du côté de la rivière. Et cela, un mois après la mort de Gédéon. Da n'a peur de rien. Elle a même appelé Gédéon qui se cachait derrière un grand chapeau de paille. Il a murmuré quelque chose que Da n'a pas compris.

C'était bien Gédéon puisque son chien le suivait.

VIEUX OS

Da est rentrée faire du café neuf. Je crois bien qu'on fera de vieux os, ce soir. Da me racontera toutes sortes d'histoires de zombies, de loups-garous et de diablesses jusqu'à ce que je m'endorme. Je me réveille, toujours étonné d'être dans mon lit. J'adore m'endormir ainsi, la tête sur les genoux de Da qui me raconte ses histoires terrifiantes. Un soir, Da m'a demandé de rentrer me coucher un peu plus tôt que d'habitude. Elle voulait être seule. Moi, je sais toujours quand Da veut être seule. Je voulais être avec elle, alors j'ai fait semblant de rentrer pour revenir ensuite sur la galerie. Je me suis couché dans un coin sombre, près de l'ancienne balance à café. Da ne m'a pas vu. Je la regardais dans le noir. Ses yeux brillaient et elle regardait le ciel. On dirait qu'elle essayait de compter les étoiles. Finalement, je me suis endormi. Et quand je me suis réveillé, j'étais seul sur la galerie. Toutes les portes étaient fermées et il n'y avait personne dans la rue. C'était la pleine nuit. Je pensais que j'étais dans mon lit et que je faisais un cauchemar. Je me suis levé, les yeux ouverts. On peut faire ça aussi dans un rêve. Alors j'ai frappé ma tête contre la balance pour voir si j'allais avoir mal. Je me suis cogné trop fort. J'ai eu une douleur aiguë. J'ai hurlé, ce qui a réveillé Da. Elle m'a ouvert la porte. À peine a-t-on refermé la grande porte qu'on a entendu passer, dans un grand coup de vent, un cheval au galop.

Tout le monde, à Petit-Goâve, sait que Passilus se transforme en cheval après minuit.

LA GALERIE

Vers deux heures de n'importe quel après-midi d'été, Da arrose la galerie. Elle pose une grande cuvette blanche remplie d'eau sur un des plateaux de la balance et, à l'aide d'un petit seau en plastique, elle jette l'eau sur la galerie, d'un coup sec du poignet. Avec un torchon, elle nettoie plus attentivement les coins. Les briques deviennent immédiatement brillantes comme des sous neufs. J'aime m'allonger sur la galerie fraîche pour regarder les colonnes de fourmis noyées dans les fentes des briques. Avec un brin d'herbe, je tente d'en sauver quelques-unes. Les fourmis ne nagent pas. Elles se laissent emporter par le courant jusqu'à ce qu'elles réussissent à s'agripper quelque part. Je peux les suivre comme ça pendant des heures.

Da boit son café. J'observe les fourmis. Le temps n'existe pas.

CHAPITRE II

Mon nom

MON NOM

Personne ne connaît mon nom, à part Da. Je veux dire mon vrai nom. Parce que j'ai un autre nom. Da m'appelle quelquefois Vieux os. J'aime vraiment me coucher le plus tard possible. Quand Da m'appelle ainsi, j'ai véritablement l'impression d'avoir cent ans. C'est moi qui ai demandé à Da de garder secret mon nom. Je veux dire mon vrai nom.

LA VIEILLE

La vieille marchande de poules arrive de loin. Da pense qu'il lui faut plus d'une journée de marche pour arriver à Petit-Goâve. Un après-midi, comme ça, la voilà dans notre cour. Da sort pour lui acheter une ou deux poules et moi, je me cache car Da dit que cette femme est une diablesse. Elle peut se changer en n'importe quel animal, même en plein jour. Il faut la voir avec ses yeux rouges, ses ongles noirs, ses doigts crochus, ses dents jaunes et ses cheveux qui lui arrivent jusqu'à la taille. Elle vient, chaque mois, vendre des poules à Da. Elle ne m'a jamais vu. Je me cache toujours dès qu'elle arrive.

LE NOM SECRET

Le nom de la vieille marchande de poules est Seraphina. C'est ce que j'ai entendu, un jour. J'étais caché derrière la porte. Le mien, elle ne le connaît pas. Da dit qu'on est à la merci de la personne qui connaît notre vrai nom. Il y a un nom pour les autres (les amis, les professeurs, les filles). Le nom officiel. Et un nom secret que personne ne doit savoir. On choisit son nom, sans jamais le révéler à personne. Il ne faut pas l'oublier sinon on est foutu. Je l'ai dit à Da car si je l'oublie, elle pourra me le rappeler.

LES FOURMIS

Les fourmis ont-elles un nom ? Elles courent comme des dingues dans les fentes des briques. Dès qu'elles se croisent, elles s'arrêtent une seconde, nez à nez, avant de repartir à toute vitesse. Elles se ressemblent toutes. Peut-être portent-elles le même nom ?

MES FESSES

Da m'a raconté que lorsque j'avais cinq ans, mes cousins plus âgés m'ont laissé dans un nid de fourmis qui m'ont littéralement dévoré. Ce n'est que bien plus tard qu'on m'a retrouvé, les yeux très brillants. Je ne pleurais pas. Mes fesses étaient rouges et boursouflées.

Toutes les fourmis ont de grosses fesses.

LA FOLLE

La fille de Naréus (celle qui est maigre avec de grands yeux) a crié quelque chose à la folle avant de rentrer se cacher chez elle. La folle est allée trouver Naréus et lui a tout raconté. Naréus a fait venir sa fille et lui a administré une raclée sur la galerie, devant tout le monde.

— Tu sais pourquoi Naréus a fait ça ? me demande Da.

— Oui, Da, parce qu'elle a été méchante avec la folle.

— Naréus a tout simplement peur que la folle ne jette un sort à sa fille.

— Elle peut toujours lui jeter un sort, Da.

— Non, en lui donnant cette raclée devant tout le monde, Naréus a racheté le bon ange de sa fille. Sinon la folle aurait pu faire vraiment du tort à la fille. En la punissant devant tout le monde, Naréus lui évite de recevoir une seconde punition, car personne ne doit être puni deux fois pour la même faute… Tu comprends, Vieux os ?

— Non, Da.

— Ça ne fait rien, tu comprendras un jour…

LE MARIAGE DE LA FOLLE

Personne n'a connu la folle avant son arrivée dans la ville. On dit qu'elle vient de Miragoâne. Selon Simplice, le vendeur de loterie, c'était une jeune fille de bonne famille qui était tombée enceinte d'un jeune médecin de Port-au-Prince en stage à Miragoâne. Le fiancé, après maintes tergiversations, a fini par accepter de se marier. Le couple s'est rendu jusqu'à l'autel. La cérémonie se déroulait parfaitement. Finalement, le prêtre fait la demande rituelle : « Si quelqu'un connaît un empêchement à ce mariage, qu'il se lève et parle avant qu'il ne soit trop tard. » Silence. Puis, une femme du fond de l'église : « Moi, je connais un empêchement... » Grand silence. Alors, le prêtre, d'une voix blanche : « Connaissez-vous un empêchement, madame ? » Un autre silence. « Oui, mon père, cet homme est mon mari et le père de mes trois enfants. » Il y a eu un brouhaha dans la salle et depuis on n'a plus revu la mariée. Cette histoire remonte à vingt ans. Et, selon Simplice, c'est cette folle qui court maintenant les rues de Petit-Goâve. C'est elle, la mariée. Le notaire Loné dit que la version de Simplice n'est qu'une version parmi tant d'autres.

LE NOM DE LA FOLLE

Personne, à Petit-Goâve, n'a jamais su son véritable nom. On dit : la folle ou la mariée. Elle n'a pas de nom. Certains croient qu'elle-même a oublié son nom. D'autres pensent qu'elle ne révèle pas son nom afin que sa famille ne puisse pas la retrouver.

Da dit que c'est une pauvre femme et qu'il n'y a qu'elle qui puisse nous dire son secret.

Moi aussi, j'ai un secret, mais celui-là, je ne le dirai à personne, pas même à Da.

Chapitre III

La maison

Le toit

C'est une grosse maison de bois peinte en jaune avec de grandes portes bleues. On peut la repérer de loin. La toiture est en tôle ondulée. Neuve. Elle aveugle les camionneurs qui prennent le tournant près des casernes. Da pense la faire peindre en noir. J'aimerais mieux rouge. Chaque fois que Simon, le gros chauffeur du camion MERCI MARIE, passe devant notre galerie, il ralentit pour demander à Da quand elle fera peindre le toit. Da dit toujours : « La semaine prochaine, si Dieu le veut. » Mais ce n'est jamais fait. Une fois, Simon a dit : « Je le demanderai à Dieu, la prochaine fois, car c'est lui qui est de mauvaise foi. »

Da a ri, de même que Simon. Moi aussi.

Sacs de café

Mon grand-père fut un grand spéculateur de denrées. Il achetait du café des paysans et le revendait à la Maison Bombace. La Maison Bombace se trouve près du port. C'est là que tous les spéculateurs vont vendre leur café. À la fin du mois, un gros bateau vient prendre tout le café de Petit-Goâve pour l'amener en Italie. Toute la ville envahit alors le port pour assister à l'embarquement du café. J'y allais toujours avec mon grand-père. Les débardeurs sont en sueur. Tout le monde court d'un bout à l'autre. On dirait des fourmis folles. Les gens de la Maison Bombace font signer plein de papiers aux spéculateurs. Mon cœur bat plus vite chaque fois que je vois passer nos sacs de café. Ils ont un ruban jaune.

La grande salle

Cette pièce donne sur la galerie et sur le côté droit de la maison. C'est une immense salle où l'on entreposait les sacs de café autrefois. Dans les périodes de vaches grasses, ceux-ci étaient entassés jusqu'au plafond. C'est là que mes tantes et ma mère jouaient quand elles étaient petites. Tante Renée grimpait jusqu'au sommet pour lire des romans. Mon grand-père détestait les romans. Il disait que ce n'était pas la vie, que ce n'était que des mensonges. Alors si l'on vous prenait avec un roman dans les mains, vous étiez bon pour la corde. Mon grand-père fut un tyran pour ses filles. Da dit toujours qu'il n'aurait pas dû avoir de filles. Il en a eu cinq.

LES CINQ SŒURS

Da dit toujours que mon grand-père aurait dû avoir des garçons pour s'occuper du commerce. Comme monter aux Palmes pour y chercher le café, négocier avec les paysans qui sont souvent armés de machettes et transporter le café à la Maison Bombace. Au lieu de cela, il a eu cinq filles. Des artistes, dit Da. Des folles, reprend toujours mon grand-père.

LES FILLES DE DA

Ma mère, l'aînée, est une brunette avec des pommettes hautes, des yeux doux et un sourire encore plus doux. C'est Raymonde qui la suit avec un grain dans la tête. Elle s'habille de vêtements aux couleurs vives et ses robes rendent fou mon grand-père. Elle a des ongles longs et rouges comme du sang de bœuf. Tante Raymonde confectionne elle-même ses chapeaux et il fallait la voir, le vendredi soir, aux vêpres. Même mon grand-père avait peur d'elle. Da dit que pour dîner avec tante Raymonde, même le diable doit avoir une cuillère longue, s'il ne veut pas se faire manger tout cru. C'est une actrice-née qui joue toujours à guichets fermés pour un public réduit mais fidèle. Tante Renée la suit de près (onze mois de différence). Elle est très mince avec de longs cheveux noirs, très noirs, et des yeux verts. Tante Renée est aussi blanche qu'une Noire peut l'être sans être une vraie Blanche. Elle passe son précieux temps à nettoyer ses bijoux — une bague, deux bracelets et une montre de marque Oris — avec de la farine d'amidon. Tante Renée a toujours eu une taille de guêpe et elle grince des dents en dormant. Tante Gilberte est la plus gentille et la plus effacée. Elle a des yeux en amande et elle porte toujours des jupes plissées de collégienne. Tante Gilberte est d'une timidité maladive. Le contraire de tante Raymonde. On ne dirait pas que ces deux-là sont des sœurs. Tante Ninine est la plus jeune et la plus belle des sœurs. Elle est noire avec des yeux vifs. Da dit qu'elle a les dents blanches et solides de son père. Vers la fin de l'après-midi, les cinq sœurs ont l'habitude de s'asseoir sur la galerie, chacune dans son coin préféré.

LE SOUFFLE DE VIE

Ma mère et ses sœurs ont attendu toute leur vie la mort de leur père.

— Elles ne le diront jamais, mais je le sais, dit Da.

— Pourquoi, Da ?

— Pour pouvoir être des filles et non des garçons manqués.

— Mais elles sont des filles, Da.

— Oui, mais ton grand-père en avait décidé autrement.

— Comment ça ?

— Eh bien, personne ne pouvait respirer dans cette maison sans l'autorisation de ton grand-père.

J'essaie de garder mon souffle pour voir si c'est possible de ne pas respirer. Da me regarde.

— Qu'est-ce que tu fais là ?

— J'attends ton autorisation pour respirer.

Da se met à rire.

— C'est une façon de parler.

Da dit toujours ça : C'est une façon de parler.

LE SALON NOIR

La seule pièce mystérieuse de la maison. Je la traverse rarement. Elle est toujours sombre. Avec un grand miroir ovale, au fond. Sur le mur : une reproduction de *L'Angelus* de Millet. Près du petit paravent jaune, un lit étroit pour les invités. Cette pièce est toujours plus froide que les autres. Des fois, sans raison, mes tantes organisent une petite fête dans le salon. Tout le monde se déguise, on mange des biscuits Ritz et on boit du cola ou du Seven-up jusqu'à minuit. C'est toujours tante Raymonde, l'organisatrice en chef.

LA NAINE JAUNE

Pourquoi, chaque fois que je dors dans le salon, je fais toujours le même cauchemar ? Une petite femme de trente centimètres se promène sur des talons aiguilles devant moi. Elle a l'air d'avoir soixante ans et le corps bien proportionné. La tête paraît légèrement trop grosse pour un si frêle corps. Elle me fixe de ses grands yeux jaunes jusqu'à ce que je me mette à hurler comme un possédé. Quand je raconte ça, personne ne me croit. Même le jour, j'ai peur de traverser le salon. Je passe toujours par la porte de côté qui donne sur le parc communal.

LE MIROIR

Tante Ninine a l'habitude de se coiffer devant le miroir du salon. Ce qui fait qu'elle tourne le dos à la porte, celle qui donne sur le parc communal. Un jour, Da a vu le vieil Oginé en train de regarder tante Ninine dans le miroir. Il faisait des signes avec ses doigts crochus. Da était assise au fond de la cour, sous le manguier. Elle s'est levée brusquement et a couru vers Oginé qu'elle a attrapé par le collet. Da a poussé Oginé qui est tombé sur le dos dans une touffe de fleurs.

— Pourquoi, Da ?

— Parce qu'il allait lui voler son bon ange.

— Comment ça ?

— Le miroir. Elle ne verrait plus son reflet. Comme ça, il aurait pu capturer son esprit et le mettre dans une bouteille. Alors, Ninine serait devenue son esclave. Sans esprit, le corps n'est rien, tu comprends ça, Vieux os ?

— Oui, Da.

PRINCE

Da me raconte l'histoire de Prince. Il s'appelait Prince, mais il était laid et pauvre. Il vivait près du pont, à côté du grand cimetière. Prince habitait une masure, mais on raconte que les plus belles femmes de la ville le visitaient la nuit. Il leur avait volé leur bon ange. Alors il pouvait faire ce qu'il voulait d'elles, les plus belles femmes. Da dit qu'on l'a appelé

Prince parce que malgré sa laideur et sa pauvreté, il vivait comme un prince.

ÉPINGLE

Je suis le fils aîné de la fille aînée. Le premier enfant de la maison. L'enfant chéri des cinq sœurs. Cinq mères. Ma mère et ses sœurs me confectionnaient de petits costumes, selon leurs couleurs favorites. Pour ma mère, c'est le bleu, la couleur de Marie. Tante Renée affectionne le jaune. Tante Ninine, le rouge, à cause du sang (elle voulait être infirmière). Tante Gilberte, le vert. Et tante Raymonde, ma marraine, le marron. Chaque dimanche, je portais un costume de couleur différente. On passait toute la semaine à acheter le tissu chez Elias, à choisir le modèle de costume dans des catalogues, à le découper et à faire des essayages. Mes tantes tournaient autour de moi comme des fourmis folles autour d'un minuscule morceau de pain. J'étais le centre du monde. La veille, le samedi, on passait la journée à coudre mon costume — selon la tante dont c'était le tour — sur la vieille machine à coudre Singer que tante Renée avait gagnée à la tombola. Mes tantes sont des couturières un peu dingues, alors j'avais toujours des épingles d'essayage qui traînaient sur moi et qui me piquaient chaque fois que je me frottais contre une porte ou que je me roulais par terre.

Un grand nœud jaune

Mon grand-père voyait d'un œil noir tout ce remue-ménage féminin autour de ma personne. Il a toujours voulu faire des garçons de ses filles. Et voilà qu'elles font une fille de son petit-fils. Mon grand-père est entré dans une terrible colère quand il a vu un grand nœud jaune sur ma tête. C'était le jour de tante Renée. On a dû me déshabiller complètement et j'ai porté, ce jour-là, le costume marron de tante Raymonde. Le tour de tante Raymonde devait venir dans deux semaines, mais tante Gilberte n'étant pas prête, j'ai dû porter le costume marron. Da dit que c'est la couleur favorite de mon grand-père.

La longue sieste

Je n'ai jamais vu mon grand-père dans la salle à manger, ni dans le salon, ni surtout dans la grande chambre, celle des femmes. Le jour, on le trouvait dans la salle de café en avant. Toujours assis près d'une table de triage qui nous sert aujourd'hui pour faire nos devoirs de classe depuis « la grande faillite du café sur le marché mondial ». Mon grand-père pouvait rester des heures à regarder devant lui. De temps en temps, il chassait une mouche qui s'aventurait trop près de sa bouche. Après, il reprenait les comptes de la journée qu'il notait dans un petit cahier d'écolier. C'est là qu'on lui apportait son dîner. Il mangeait en écrasant son riz avec une fourchette. Une heure après, il s'en allait dans la petite chambre pour la longue sieste. Mon grand-père aimait se coucher sur le dos, la tête légèrement relevée pour pouvoir regarder ses roses par la porte entrouverte.

CHAPITRE IV

La rose

LE PETIT SEAU

Mon grand-père n'avait qu'une passion : les roses. Il en a fait planter tout autour de la maison. Il les arrosait lui-même chaque matin et chaque soir. J'allais remplir un petit seau en plastique bleu que je lui remettais. Avec ce seau, il ne pouvait arroser que trois ou quatre plants. Au début, on y allait lentement. J'adorais faire ce travail avec mon grand-père. Il était toujours gentil et me demandait sans cesse si je n'étais pas fatigué, si je ne voulais pas prendre un petit repos. Alors, je courais encore plus vite remplir le seau. J'allais de plus en plus vite. Mon cœur cognait fort.

LA FATIGUE

Da m'a demandé, un jour, de ralentir.
— Pourquoi, Da ?
— Parce qu'il est fatigué.

— Mais je ne suis pas fatigué, Da.

— Toi, non… Mais ton grand-père est fatigué.

— Mais non, Da, il me demande toujours si, moi, je suis fatigué…

— C'est parce qu'il est fatigué, lui.

— Alors pourquoi il ne le dit pas, Da ?

— Il le dit, mais tu n'as pas compris.

— Il ne le dit pas.

— Il le dit, mon chéri.

— Il ne le dit pas.

Da rit de mon insistance.

— C'est ça qu'il veut dire quand il te demande si tu es fatigué.

— Alors pourquoi il ne le dit pas ?

— C'est une façon de parler, Vieux os.

LES TRACTEURS

L'autre passion de mon grand-père, ce sont les tracteurs. Du temps de la grande richesse, il avait commandé un tracteur à Chicago. Le temps que la commande arrive, le prix du café avait chuté au plus bas sur le cours mondial. Mon grand-père et Petit-Goâve avaient fait faillite, avaient tout perdu. Par bonheur, les gens de Chicago ont continué à lui envoyer leur catalogue mensuel. Mes premières images furent des photos de tracteurs dans les plaines du sud des États-Unis. On voyait des fermiers en train de travailler dans d'immenses champs de blé sur des tracteurs jaunes, la couleur de tante Renée.

LE PAIN

Dès que le catalogue arrivait, au début du mois, mon grand-père le retirait de sa grande enveloppe jaune et m'envoyait en face, chez Mozart, acheter un pain. Il fallait mettre le pain dans l'enveloppe. Cette enveloppe durait tout le mois. Ainsi, chaque matin, en attendant le prochain catalogue qui viendrait de Chicago avec une enveloppe neuve. Nos sacs de pain venaient de Chicago, Illinois! Mystérieusement, tout de suite après la mort de mon grand-père, Chicago a brusquement cessé de nous envoyer des catalogues.

LA GRANDE CHAMBRE

C'est la plus grande pièce de la maison après l'ancienne salle d'entreposage et de triage de café. La chambre de Da, de ma mère et de mes quatre tantes. Mon grand-père n'y a jamais mis les pieds. Mon petit lit se trouve coincé entre deux grandes armoires. En face de moi, un grand lit où dorment ma grand-mère, ma mère et tante Renée. Tante Renée se place toujours sur le bord du lit, à un cheveu du vide. Le corps raide comme un balai, tante Renée ne bouge pas d'un millimètre. Elle ne se lève jamais, la nuit. Son pot de chambre est toujours propre. Da dit qu'on peut s'en servir pour boire du lait chaud.

LES REINES

Tante Raymonde a un petit lit en bois d'acajou
qu'elle partage avec tante Ninine. C'est un cadeau de
Hiram, le frère de Da. La grande armoire est à Da,
c'est-à-dire à tout le monde. L'autre, plus petite, est
aux sœurs plus âgées : ma mère et tante Raymonde.
Tante Renée, tante Ninine et tante Gilberte rangent
leurs robes un peu partout. Les cinq sœurs s'habillent
malgré tout avec les mêmes robes. Sauf tante Gilberte
qui est de trop petite taille. Les soirs de bal, c'est la
furie. Surtout si tout le monde veut mettre la même
robe. Les odeurs de parfums se mêlent, les chapeaux
s'échangent, les chaussures volent par-dessus les
têtes. Tout le monde est en retard. L'heure fatidique
arrive. Et cinq reines — reine du sucre, du sel, du
sisal, de la farine et du café — sortent de la chambre
qu'elles laissent aussi dévastée qu'un champ de
bataille. Le silence. Da et moi restons dans la chambre. Puis nous faisons une petite prière avant de nous
endormir.

LA SALLE À MANGER

C'est le royaume de Da. Da a toujours nourri
tout le monde. Je veux dire sa famille, les voisins et
aussi des indigents qui passent toujours au bon
moment. Sans compter les chiens que Marquis invite
lui aussi à manger. Ce qui fait beaucoup de bols
blancs pour la famille, et de bols bleus pour les
autres. Da n'a jamais oublié personne, sauf tante
Gilberte. Et on ne sait pas pourquoi. Ce qui fait que

c'est toujours son bol qu'elle donne à tante Gilberte.
Je n'ai jamais vu Da en train de manger. Quand tout
le monde a fini, Da se fait un café qu'elle va siroter
sous le manguier.

LE DERNIER REPAS

Une fois par mois, mon grand-père allait voir ses
terres, près du cimetière, en face de la vieille guildive
de Duvivier. Il y passait toute la journée et ne rentrait
que fort tard dans la soirée. Son dîner l'attendait sous
le couvre-plat en plastique rose, dans la salle à manger. Quelques mouches volaient autour des plats, par
principe. Son repas favori : banane, mirliton, aubergine, très peu de riz (cuit sans sel) avec du pois noir
en sauce. Pas de viande, ni de carotte. Da dit toujours
qu'il n'y a que mon grand-père et les enfants qui n'ai-
ment pas les carottes. Il s'asseyait, mangeait lentement et se servait toujours une tranche d'ananas
pour dessert. Après le repas, mon grand-père se net-
toyait longuement les dents. C'était sa fierté. Il a con-
servé toutes ses dents jusqu'à la fin.

Un soir, il avait l'air plus fatigué que d'ordinaire.
Il a à peine touché à son repas, s'est longuement
brossé les dents avant d'aller se coucher. Une dernière fois.

LA MORT

On l'a retrouvé, le lendemain matin, dans son lit,
tout raide.

— Qu'est-ce que la mort, Da ?
— Tu verras.

Un homme des Palmes

Je n'ai rien vu puisqu'on ne m'a pas laissé entrer dans la chambre. Des gens venaient, puis repartaient. Des hommes surtout. Mon grand-père était franc-maçon. Des hommes avec des brassards noirs que je n'avais jamais vus. Des femmes, que je ne connaissais pas, pleuraient en levant les bras au ciel. Un homme est descendu des Palmes en apprenant la nouvelle. Il a dû pousser fort le cheval qu'il a laissé à moitié mort dans la cour pour se diriger directement vers la chambre de mon grand-père. Les autres personnes qui étaient dans la chambre sont sorties pour le laisser seul avec mon grand-père. Il est resté là, une heure, puis est sorti de la pièce. Il a serré la main de Da. Il est remonté sur son cheval et est reparti au galop.

Les ongles

Je suis entré dans la grande chambre. J'ai déplacé la statue de la Vierge sur la petite table, là où il y a un trou dans le mur. J'y ai collé mon œil droit. Et je n'ai rien vu. Seulement ses pieds et ses ongles pro-pres. On a attaché ses deux gros orteils, l'un à l'autre, avec un ruban jaune. Comme pour nos sacs de café.

Da a dit que nos ongles continuent de pousser même après notre mort. Je suis resté longtemps à regarder ceux de mon grand-père.

LA ROSE ROUGE

Ma mère et mes tantes sont sorties dans la cour et ont coupé toutes les roses pour faire un grand bouquet. Da est venue me chercher pour aller voir mon grand-père, mais il était déjà habillé de son costume bleu serge qu'il mettait une fois l'an pour aller rencontrer Bombace. Les roses étaient tout autour de lui. Une odeur lourde et étouffante. Mon grand-père portait ses chaussures vernies et une cravate à langues de feu. Tante Renée lui a glissé entre les doigts une rose rouge.

Chapitre V

Le chien

La chaise

Da a posé doucement sa cafetière au pied de la chaise. Une solide chaise de Jacmel. Quand on vous dit une chaise de Jacmel, ça veut dire quelque chose.

— Qu'est-ce que ça veut dire, Da ?

— Ce sont les meilleures chaises.

— C'est loin, Jacmel ?

— Tu vois ce nuage noir ?

— Oui.

— C'est au-dessus de Jacmel.

— Alors cette chaise vient de loin, Da ?

— De très loin.

Da s'est installée confortablement sur sa chaise pour regarder passer les gens.

Je suis une anguille

Je déteste m'asseoir. Je préfère la position horizontale. C'est pour cela que j'ai la colonne vertébrale molle comme une anguille. J'aimerais être une anguille pour pouvoir filer dans la rivière. Pas de jambes, pas de bras, pas de fesses.

— Je connais un petit garçon, dit Da, qui veut être une anguille, mais je ne connais pas d'anguille qui veuille être un petit garçon.

Da peut bien parler. Il doit y avoir quelque part une anguille qui aimerait s'asseoir sur une chaise de Jacmel. Et une anguille sur une chaise, ça veut dire quelque chose.

— Qu'est-ce que ça veut dire ? me demande Da.

— Ça veut dire que c'est une anguille qui s'est fait avoir par un petit garçon.

Da raconte l'histoire de l'anguille à toutes les personnes qui s'arrêtent pour lui parler.

LE VOYAGE

La rue est déserte, sous le terrible soleil de midi. Pas âme qui vive, comme dit Da. Au loin, près de l'école nationale de garçons, je vois Marquis remonter la petite pente. Il paraît essoufflé. Un chien maigre qui marche en traînant ses pattes arrière. D'un mouvement sec, il projette son arrière-train vers la gauche pour avancer. Marquis a eu un grave accident, il y a cinq ans. Il s'était endormi au milieu d'une touffe d'herbe, sur le côté de la rue, lorsque la voiture noire est arrivée. Sans bruit. La roue avant lui est passée sur les reins. La roue arrière gauche également. Marquis s'est traîné, sans un cri, jusqu'au petit cimetière. Il a pu se faufiler dans les hautes herbes derrière les guildives de Duvivier. Puis, nous ne l'avons plus revu. Nous l'avons cherché partout, jusqu'à Miragoâne. Personne n'a jamais pu le rattraper. De temps en temps, quelqu'un disait l'avoir aperçu quelque part.

Prière

Je prie, chaque soir, le petit Jésus de Prague pour qu'on retrouve Marquis sain et sauf. Je prie aussi Notre-Dame et saint Jude, le patron des causes désespérées. Depuis le départ de Marquis, je ne prends plus de souper. Je le vois, chaque nuit, dans mes rêves, en train de courir. Tout le monde essaie de l'attraper, mais il nous file entre les doigts. Des fois, on dirait un tout petit toutou. D'autres fois, il a l'air d'un loup affamé. Souvent, je me réveille la nuit en sursaut et j'appelle Marquis de toutes mes forces. Da me prend dans son lit.

Le retour

Un homme des Palmes, qui vendait du café à mon grand-père, a affirmé l'avoir croisé du côté de Zabo, dans les terres froides. On a cherché partout dans les environs. Hiram, le frère de Da qui vit à Zabo, l'a cherché lui aussi. Jusqu'à Bainet. Aucune trace de Marquis. Nous avions perdu tout espoir quand un matin, il a sauté dans mon lit. Couché dans sa position favorite. Son ventre sur mes jambes. Quelque chose de mou et de chaud, une sensation que j'adore. Personne ne l'a entendu entrer. Toutes les portes étaient fermées. Da a simplement dit que pour venir de Zabo, il a dû marcher une bonne quinzaine de jours. Et dans son état, il faut compter le double.

LA PÊCHE AUX ÉCREVISSES

Si on sort par la porte arrière de la maison, on tombe sur la rue Desvignes. La rivière se trouve là, au bout de la rue. Une rue ombragée et légèrement humide. Avant même d'atteindre la maison de jeu de Germain, on entend la rivière. J'ai déjà pêché dans cette rivière. La pêche aux écrevisses se fait avec un panier en jonc. Il faut remonter lentement la rivière en regardant surtout dans les coins. Quand on voit bouger des antennes, on plonge le panier jusqu'au fond et on le remonte tout de suite au-dessus de sa tête. Une fois, une anguille s'est enroulée autour de ma cheville. L'eau était claire. On aurait dit un bracelet d'argent.

LA MAISON DE DEVIEUX

La voiture noire, celle de l'accident de Marquis, appartient à Devieux, l'homme le plus riche de la ville. Il habite au bout de la rue Desvignes, près de la rivière. On allait souvent voler des mangues chez Devieux. On sautait par-dessus le vieux mur. La maison illuminée, au fond, derrière les cocotiers. Une grande maison blanche. On n'avait qu'à se baisser pour ramasser les mangues. Dès que les chiens commençaient à aboyer, il fallait prendre ses jambes à son cou et sauter de nouveau le mur. Marquis demeurait sur place quelques instants pour aboyer, lui aussi, juste pour la forme. Soudainement, il sautait le mur et se mettait à courir comme s'il avait vu le diable. Le diable, c'est un énorme berger allemand qui mange un quartier de bœuf chaque jour.

Da dit que c'est comme ça qu'on reconnaît les riches, ils peuvent laisser les fruits pourrir au sol.

LA VOITURE NOIRE

La voiture noire passe devant notre galerie chaque jour, à midi. Le chauffeur est un jeune homme que Da connaît. Elle avait facilité son entrée à l'école nationale de garçons. Sa mère était venue remercier Da en lui apportant des melons de son jardin. Chaque fois que le jeune chauffeur passe devant notre galerie, il ralentit légèrement et fait un signe de tête pour saluer Da. Ce n'était pas lui qui conduisait quand la voiture est passée sur Marquis. C'était l'autre chauffeur, le vieux. Il n'est pas de Petit-Goâve. Marquis sait toujours qui conduit la voiture. Quand c'est le vieux, il n'arrête pas d'aboyer jusqu'à ce que la voiture disparaisse derrière la croix du Jubilée. Et quand c'est le jeune, il relève nonchalamment la tête et regarde passer la voiture en plissant les yeux.

QUELLE HEURE EST-IL ?

Le jeune chauffeur s'arrange toujours pour passer devant la galerie à midi tapant. Dès qu'il passe, Da rentre faire du café neuf. Zette sort toujours au même moment pour demander l'heure. Zette habite juste en face de chez nous, à gauche de l'épicerie de Mozart.

— Quelle heure est-il, Da ?

— La voiture de Devieux vient de passer, il doit être midi.

— Donc, il y a une heure, il était onze heures.

— Ah ça ! je ne sais pas.

— Merci quand même, Da.

Zette referme brusquement la porte. Da et moi, on se met à rire.

MARQUIS

Il est couché, tout triste, à côté de moi. Son museau est mouillé, ses yeux, mi-clos. Deux ou trois mouches volent au-dessus de sa tête. Marquis essaie de les chasser avec sa patte, mais sans grande conviction. Je pose mes pieds sur son ventre chaud sans lui faire de mal. Il ouvre un œil pour me regarder et se rendort l'instant d'après. Il suffit qu'un chien passe dans la rue pour qu'il se réveille et se mette à japper comme un malade.

Chapitre VI

La pluie

Pluie de Jacmel

Une petite pluie oblique et fine. La couleur dorée de l'après-midi. La vieille Aurélia de la rue Geffrard revient des vêpres en tenant fermement la petite Clara. De gros nuages noirs pointent derrière le vieux morne.

— Cette pluie vient de Jacmel, dit Da.

— Comment le savez-vous ?

— Les pluies de Jacmel viennent vite.

La pluie était déjà là, forte, violente. La vieille femme tire la main de la fillette dont les pieds ne touchent plus le sol. Doucement, elles disparaissent comme derrière un rideau.

Le bruit de la pluie

Le bruit de la pluie qui vient de loin : un grondement. Le ciel clair devient brusquement sombre. La pluie arrive. Zette ramasse vite son linge. Le bruit sourd se rapproche. Da a l'air heureuse.

LE GOÛT DE LA TERRE

D'où vient, quand il pleut, cette envie folle de manger de la terre ? À cause de son odeur, sûrement. Au début, on ne sent rien. Puis quand la pluie commence à tomber, l'odeur monte. L'odeur de la terre. La mangue sent la mangue. L'ananas sent l'ananas. Le cachiman ne sent pas autre chose que le cachiman. La terre sent la terre.

LES PETITES ARAIGNÉES

Les petites araignées aux pattes frêles sortent des trous que creuse la pluie. Elles envahissent tranquillement la galerie. C'est le territoire des fourmis. Elles sont mignonnes, ces petites araignées bleues. Des bébés. Elles vont se faire dévorer par de vieilles fourmis rusées, sournoises et féroces. Une guerre sans merci.

LE NOTAIRE

Un homme marche sous la pluie. C'est le notaire. Il est habillé de blanc, avec canne et chapeau. Autour de lui, les gens courent dans toutes les directions. On dirait des fourmis ailées.

Le notaire Loné, de la rue Desvignes, croit qu'un homme digne de ce nom ne court jamais sous la pluie.

LES GARÇONS

À cause de la pluie, l'odeur du fumier monte. Le fumier mouillé. Malgré tout, le jeu se poursuit. J'entends leurs cris. Le ballon traverse la rue et pénètre dans la boutique de Mozart. Auguste, torse nu, file pour attraper le ballon qui rebondit près des sacs de sucre. Mozart essaie de prendre le ballon au vol. Auguste est plus vif que lui. Mozart veut maintenant empêcher Auguste de quitter la boutique. Les autres arrivent et entourent Mozart et Auguste. Mozart finit par lâcher Auguste qu'il tenait par le bras. Cris de victoire. Ils se précipitent vers le parc communal.

LE DOCTEUR CAYEMITTE

Le docteur Cayemitte est passé ce matin. Il a dit à Da que je suis encore trop faible. J'ai fait semblant de dormir pendant la conversation. Da lui a répondu qu'on ne peut pas retenir un jeune poulain. Le docteur Cayemitte demande qu'on me donne du foie de bœuf avec du cresson et beaucoup de lait. Il a prescrit un sirop que je dois prendre trois fois par jour. Si tout va bien, a-t-il ajouté, je pourrai quitter la chambre dans deux semaines.

— Deux semaines ! C'est trop, docteur.

Le docteur s'est tourné vers moi avec un sourire.

— Comme ça, tu ne dormais pas, petit chenapan.

— Il entend tout, dit Da, il ne faut rien dire devant lui, surtout quand il dort.

LA FRONTIÈRE

La pluie redouble après avoir ralenti. Le vent pousse la pluie vers la galerie de Zette. Le petit bruit sec de la pluie sur les briques jaunes. Les passants qui s'abritent chez Zette doivent se regrouper les uns contre les autres. La pluie gagne du terrain. La masse de gens devient plus compacte. La partie mouillée de la galerie s'arrête là où commence la partie sèche. Brutalement. Comme si quelqu'un avait tracé une frontière.

CIEL CLAIR

Brusquement, la pluie s'est arrêtée. Le ciel devient plus clair, le soleil, plus chaud. La vie reprend son cours. Les gens quittent la galerie de Zette en riant. Je remarque qu'après une forte mais brève pluie, les gens semblent plus heureux.

CHIEN MOUILLÉ

Marquis monte sur la galerie. Complètement mouillé. Il a couru derrière les canards de Naréus sous la pluie. Il a les poils collés au corps. Marquis me jette un regard coupable avant de se secouer vigoureusement. L'eau vole partout : sur mon visage, sur la robe de Da. Je repousse le chien vers la rue. Il me jette un regard encore plus triste. Je reste ferme. Il se secoue dans la rue, puis remonte sur la galerie pour se coucher près de la balance.

LA MÈRE DE VAVA

Da me regarde avec insistance. Elle agit ainsi quand elle veut me signaler quelque chose. Quelqu'un arrive dans mon dos. Je ne sais pas qui. Je ne me retourne pas. Je sens quelque chose de vivant derrière moi. Du coin de l'œil gauche, je vois deux ombres. C'est Vava et sa mère. Toujours en jaune, Vava. Les yeux, ah mon Dieu! les yeux de Vava. Ces yeux qui m'empêchent de dormir. La mère de Vava salue Da.

— Comment ça va, Da?

— Bien, Délia.

La mère de Vava s'appelle Délia. Da dit qu'elle était exactement pareille à sa fille. Da l'a connue quand elle avait l'âge de Vava.

— Tu ne prendrais pas une tasse de café, Délia?

— Merci, Da. Je dois rentrer tout de suite. J'ai une robe à faire pour Vava, qu'elle doit porter demain à la fête de Nissage.

Je ne sais ce qui m'a pris de dire :

— Une robe jaune.

La mère de Vava m'a regardé et a souri.

— Oui, dit-elle, une robe jaune.

Nous sommes restés un moment silencieux.

— Bon, dit la mère de Vava, il faut que je parte.

— Le café, ce sera pour une autre fois, Délia?

— Sûrement, Da.

Je les regarde partir et je les suis des yeux jusqu'à ce qu'elles atteignent la croix du Jubilée. Là, elles prennent le chemin à gauche qui va près du réservoir d'eau de la ville.

LES CANARDS

Les canards de Naréus rentrent à la maison. Ils descendent la rue en file indienne. Les petits canards s'arrêtent à chaque flaque d'eau formée par la pluie. Ils plongent la tête sous l'eau pour la ressortir presque aussitôt après. Ils ont un air étonné, les petits canards. Les vieux viennent les chercher avec des coin-coin sonores. Les petits canards suivent le groupe, un moment, avant de recommencer le même manège.

LUMIÈRE

Le soleil paraît toujours plus vif après la pluie. On dirait que chaque flaque d'eau reçoit un rayon lumineux. Une petite lueur au fond de l'eau. Les yeux de la terre.

LA FOULE

Brusquement, la foule qui surgit de partout. Tous ceux qui s'étaient abrités quelque part en attendant que la pluie passe envahissent la rue. La vie reprend ses couleurs.

UN HOMME PRESSÉ

Un homme passe en courant derrière une mule et s'adresse à Da sans même s'arrêter.

— Da, j'ai quelque chose à vous dire, mais je suis pressé, je dois voir Jérôme avant la nuit.

— Une autre fois, Absalom... Je suis toujours ici.

LA VIEILLE

La vieille Cornélia s'en va acheter son tabac chez Mozart, mais ses jambes sont si frêles qu'elle doit marcher sur ses fesses. Zette ouvre ses fenêtres. Thérèse avait oublié de ramasser son linge avant la pluie ; maintenant, elle espère que le soleil restera assez longtemps pour le sécher avant la nuit.

Les pluies de Jacmel sont ainsi : fortes mais brèves.

CHAPITRE VII

Les gens

LE DIABLE ROUGE

J'ai toujours eu peur de frère Jérôme. C'est lui qui fait le diable, chaque année, durant le carnaval. Il a des ongles longs et pointus. De larges ailes noires et des pieds palmés. Une longue queue pend à ses fesses. Pendant les trois jours gras, le frère Jérôme devient le diable. Ses yeux sont rouges et sa bouche crache du feu. Après le carnaval, le frère Jérôme redevient le cireur de chaussures le plus doux de la terre. Chaque jour de la semaine, il passe dans une rue et il nettoie toutes les chaussures. Ceux qui peuvent le payer le font, pour les autres, c'est gratuit. Le lundi, il fait la rue Dessalines. Le mardi, c'est le tour de la rue Geffrard. Il descend à la Petite Guinée, le mercredi. Le jeudi, il va à la Hatte. Le vendredi, c'est la rue Fraternité. Le samedi est une bonne journée puisqu'il fait la loge de la fraternité. Tous les hommes importants de la ville se retrouvent à la loge. Les francs-maçons ont la réputation de garder leurs chaussures propres. Le frère Jérôme n'a pas beaucoup de travail à faire pour empocher un bon magot à la loge. Le samedi, il fait aussi notre rue et, le dimanche, il passe la journée à la Plaine, chez sa sœur. Le frère Jérôme est, avant tout, l'informateur privilégié de Da. C'est par lui que Da sait tout ce qui se passe dans la ville sans jamais quitter sa vieille chaise de Jacmel.

LE CAMION

Le camion de Gros Simon vient de prendre le tournant sans avertir; il a failli renverser le frère Jérôme qui sortait du parquet. Gros Simon éclate de rire comme s'il s'agissait d'une énorme plaisanterie au moment même où le frère Jérôme saute dans le petit ravin, près de l'école nationale de garçons. Gros Simon rit encore quand il atteint la galerie de Da. Marquis, couché près de la balance, lui montre ses crocs. Depuis son accident, Marquis n'aime pas trop les chauffards. Da ne dit rien. Elle n'a pas envie de voir Gros Simon remettre la question du toit de la maison sur le tapis. Il va encore dire qu'il a été aveuglé par le toit neuf de Da. C'est pour cela que Da l'a esquivé. Da a une technique infaillible pour ignorer quelqu'un. Elle fait semblant de remplir sa tasse au moment où vous arrivez à sa hauteur. J'ai remarqué qu'elle fait ça pour certaines personnes dont je ne citerai pas le nom.

LA MORT

Je ne sais pas si c'est parce que j'ai la fièvre, mais je n'arrête pas de penser à la mort.

— Pourquoi on meurt, Da ?

— Pourquoi on dort ?

— Pour se reposer.

— Alors ?

— Alors quoi, Da ?

— La mort, c'est le sommeil éternel.

LA VERSION DE GROS SIMON

Avant de devenir l'heureux propriétaire de ce camion neuf qui fait la fierté de Petit-Goâve, Gros Simon n'était qu'un simple débardeur, le plus fort ; il travaillait pour la Maison Bombace. Gros Simon raconte qu'une nuit, il a fait un rêve. Dans ce rêve, sa vieille grand-mère Sylphise, morte depuis longtemps, lui demande de se lever et de sortir de la maison. Gros Simon se lève et sort en pyjama. Il descend la rue de la Fraternité, tourne sur la rue La-Paix jusqu'au Calvaire. Là, il s'assoit sur les marches du Calvaire, attendant je ne sais quoi, jusqu'à ce que Simplice s'amène de sa démarche chaloupée. Il achète une liasse de billets de la loterie nationale à Simplice. Le lendemain, il avait gagné le gros lot. C'est la version de Gros Simon.

LA VERSION DU FRÈRE JÉRÔME

Selon le frère Jérôme, cela ne s'est pas du tout passé comme Gros Simon le raconte. C'est plutôt une histoire terrible. Gros Simon a tout simplement vendu au diable son unique fille, la gentille Sylphise qui porte le nom de son arrière-grand-mère. Le frère Jérôme a entendu cette histoire à la loge des francs-maçons que fréquente Gros Simon. La transaction a été faite au morne Soldat, dans la cour du hougan Wilberforce, sous son péristyle. Quelques jours plus tard, un lundi midi, Gros Simon gagne tout bonnement le gros lot de la loterie nationale et devient plus riche que Crésus. Je sais que Gros Simon nie tout ça; si ce n'est pas vrai, alors pourquoi sa fille meurt-elle au même moment? Mystère? Coïncidence? Da, vous et moi, on sait que la vie n'est pas simple... Les affaires des hommes sont très complexes... Chaque fois que je vois Gros Simon, je me demande comment un homme peut donner sa fille au diable en échange de certains biens... Ah! Da, laissez-moi partir, j'ai déjà trop dit.

LES FOURMIS

— Qu'est-ce qu'il y a après la mort, Da?

— Il n'y a que les fourmis qui en sachent quelque chose.

— Pourquoi elles ne nous disent rien?

— Parce que la mort ne les intéresse pas, Vieux os.

— Et pourquoi la mort nous intéresse?

— C'est le secret de la vie.

LA VERSION D'OGINÉ

Selon Oginé, le vieux gardien du parc communal, la version de frère Jérôme n'est pas tout à fait exacte. En effet, Gros Simon avait contacté le hougan Wilberforce, mais celui-ci avait refusé la transaction, disant qu'il n'est pas un hougan à deux mains, c'est-à-dire qu'il ne sert pas deux maîtres. Il ne peut pas faire le bien avec la main droite et le mal avec la main gauche. « Vous comprenez, Da, ce que je veux dire. Wilberforce, tel que je le connais, n'accepterait jamais de prendre la vie d'une innocente fillette, Da. Quand Wilberforce a refusé, Gros Simon est allé voir le terrible Gervilien, le hougan de morne Marinette. C'est lui qui a fait la transaction, un jeudi soir, dans le petit cimetière, près de la source. Je ne veux pas qu'on dise que c'est Wilberforce, Da. C'est mon cousin et il ne fait pas le mal. »

LA VERSION DE MOZART

La petite fille n'est pas morte, Da. Je l'ai vue de mes propres yeux, à Miragoâne, chez Reyer, un Blanc qui vit là-bas depuis trente ans. Il dit qu'il fait des recherches sur la culture haïtienne, mais ce type est le diable en personne. Et ce n'est pas chez nous qu'il a appris à faire le mal. Nous n'avons rien inventé en la matière, Da. Ce Reyer est un Allemand et les Allemands connaissent un bout là-dessus. Les Haïtiens pensent toujours qu'ils sont les meilleurs en tout, même dans le mal. Enfin, j'étais chez Reyer, j'avais soif et Reyer m'a offert un verre de jus de grenadine. Et devinez qui s'amène pour me servir, Da ? Eh bien, la petite Sylphise. J'ai fait semblant de ne pas la reconnaître. J'ai pris le jus et je l'ai bu jusqu'à la dernière goutte. J'avais à faire sur le bord de mer. J'ai pris mon chapeau et j'ai salué Reyer. C'est comme ça que ça s'est passé. Reyer n'a presque pas dit un mot durant ma visite. La fille, non plus. Elle gardait les yeux baissés tout le temps. Un zombie, c'est ce que j'ai compris. À la réflexion, je crois que Gros Simon l'a vendue à Reyer. Reyer est peut-être un démon allemand, et c'est le pire des démons, croyez-moi, Da, mais, malgré tout, il ne se permettrait jamais de faire un zombie de la fille de Gros Simon. Il faut croire, Da, que c'est Gros Simon qui a fait la transaction.

LA VERSION DE ZETTE

S'il y a quelqu'un dont il faut se méfier, Da, c'est de ce crapaud de Mozart avec sa tête de lézard vert. Il a déjà essayé deux fois avec la fille de ma sœur Thérèse. Je lui ai fait comprendre qu'il est un minable démon et que s'il ne fait pas attention, je le mangerai moi-même tout cru. Je ne serais pas étonnée si j'apprenais qu'il a trempé dans l'affaire de la fillette de Gros Simon. Ce qu'il veut, c'est tout simplement savoir si son nom a été cité. Seulement ça, Da. Rien de plus.

LA VERSION DU DOCTEUR CAYEMITTE

Da, je soigne cette fillette depuis trois ans. Elle souffrait surtout de maux de tête très violents. Je lui ai fait faire tous les tests imaginables à Port-au-Prince et on n'a rien trouvé. Elle prenait toutes sortes de médicaments contre la migraine, mais ce n'était jamais assez. Elle saignait abondamment du nez quand ça lui arrivait. Que pouvais-je faire si même les laboratoires de Port-au-Prince n'arrivaient pas à mettre le doigt sur son mal ? Ce que je veux dire, Da, c'est que j'ai été impuissant face à sa maladie, mais, contrairement à ce qu'on dit — ils disent tous qu'elle est morte sans avoir été malade —, elle était très malade. Plus qu'on ne le croit. Beaucoup plus. De quel mal souffrait-elle ? Personne ne le sait. J'avais demandé qu'on fasse une autopsie, mais sa famille a refusé. J'ai eu les bras liés dans cette affaire. Si j'avais eu des instruments plus perfectionnés, on aurait pu empêcher le mal de se propager. Mais encore une fois, quel mal ? Des fois, Da, on se sent tellement impuissant qu'on a envie de boire jusqu'à perdre connaissance. Que peut-on faire face à l'inconnu ? Quand un mal ne dit pas son nom, Da, on ne peut pas l'appeler. Il n'y avait plus rien à faire. Seulement attendre que le mal fasse son chemin tranquillement. Honnêtement, j'ai été étonné, je ne pensais pas que la fin allait venir si vite. C'est ça la vie, Da. Rien.

LA VERSION DE SIMPLICE

C'est vrai, Da, Gros Simon était assis sur les marches du Calvaire, cette nuit-là, quand j'ai débouché sur la rue La-Paix. Dès qu'il m'a vu, il s'est avancé vers moi et il a acheté tous les billets que j'avais. Cela fait vingt ans que je vends des billets de la loterie nationale, ici, à Petit-Goâve, et c'est la première fois que ça m'arrivait. Gros Simon était en pyjama et il avait l'air de sortir du lit. C'était plus que ça, il avait l'air perdu comme s'il n'avait pas tout son esprit, comme si quelqu'un d'autre le dirigeait. Je connais bien Gros Simon, ça fait des années que je le connais, je ne l'ai jamais vu comme ça. Comme cette nuit-là. On aurait dit qu'il avait bu et pourtant il ne sentait pas l'alcool. C'était une nuit étrange, Da. Quand je suis rentré, ma femme a dit qu'elle me trouvait bizarre. Je lui ai raconté cette histoire avec Gros Simon. « Et alors ? » me demande-t-elle. Il avait l'air étrange et il m'a acheté tous mes billets. Je me suis couché et le lendemain vers midi, quand j'ai appris que Gros Simon avait gagné le gros lot, je n'ai été étonné qu'à moitié. Ma femme que rien n'impressionne l'a été plus que moi. Des gens ont dit qu'il y avait du sang sur sa main droite quand il m'a payé les billets, ça c'est des racontars. J'ai même entendu dire qu'il avait les pieds fourchus. J'étais seul dans la rue avec lui, cette nuit-là, et je n'ai rien vu de tel. C'est tout ce que j'ai à dire, Da.

LA VERSION DE ZINA

Sylphise et moi, on a toujours été ensemble, à
l'école comme à la maison. On a toujours été dans la
même classe, assises côte à côte sur le même banc.
Même la sœur Noël n'a pas pu nous séparer. Durant
la récréation, on se tenait toujours sous le gros sa-
blier, près de la cantine. Sylphise a toujours été ma
meilleure amie. J'étais avec elle, le jour de sa mort.
C'était un lundi. Elle disait qu'elle avait mal à la tête.
Je ne lui ai pas beaucoup prêté attention parce qu'elle
avait toujours ce problème. Et puis, il faut le dire,
Sylphise n'aimait pas faire ses devoirs, et, le lundi, on
avait beaucoup de devoirs à remettre. Je me suis dit :
« Sylphise cherche un alibi pour ne pas remettre ses
devoirs. » La sœur Noël est très à cheval sur les
devoirs. Durant toute la matinée, elle gardait la tête
baissée comme si son cou ne pouvait pas soutenir sa
tête. Ça m'avait alarmée un peu, mais pas trop, parce
que, comme je l'ai dit, elle souffrait souvent de terribles maux de tête qui ne lui laissaient pas une minute
de répit. On a quitté la classe à onze heures. Je l'ai
soutenue jusque chez elle. Quand elle est arrivée, il
n'y avait rien à manger. Sa mère n'était pas rentrée.
Heureusement, elle n'avait pas faim. D'ailleurs elle
ne mangeait jamais quand elle avait mal à la tête. Elle
s'est couchée dans le lit de sa mère. Elle s'est allongée
en travers du lit. Je lui ai enlevé ses chaussures et j'ai
poussé ses jambes vers le milieu du lit. J'allais la laisser pour rentrer chez moi, car dès qu'elle est bien
reposée, son mal de tête la quitte. Elle m'a appelée et
elle m'a demandé de lui apporter un verre d'eau

salée; elle voulait sûrement faire une compresse. Je
suis allée chercher l'eau et, en revenant, j'ai entendu
un terrible bruit dans la chambre. Comme s'il y avait
une lutte effroyable. On aurait dit qu'il y avait plusieurs personnes dans la chambre. Et Sylphise criait
de la laisser en paix, qu'elle ne voulait pas partir. Elle
hurlait : « Ne me touchez pas... Je ne vous connais
pas. » Je suis entrée dans la chambre et j'ai vu son
corps qui flottait dans l'espace, à dix centimètres du
lit. Elle est retombée sur le lit quand j'ai crié. Le
dernier mot qu'elle a dit, c'est « NON ».

LA VERSION D'AUGEREAU

Avant, j'étais à la Maison Devieux et j'ai eu un
petit différend avec le directeur, un certain Montal.
J'ai quitté les Devieux avec regret parce qu'ils ont été
de bons patrons pour moi. Je suis allé travailler à la
douane et je me suis engueulé avec Willy Bony, mon
meilleur ami, qui était devenu entre-temps le directeur de la douane. Pour préserver notre amitié, j'ai
quitté la douane pour aller rejoindre Céphas à la
Maison Bombace. Céphas montait à l'époque une
bonne équipe pour essayer de redresser la Maison
Bombace qui commençait à péricliter. Céphas m'a
nommé chef du service des débardeurs. Des gaillards
solides qui pouvaient travailler douze heures sans
souffler. C'est là que j'ai connu Gros Simon. Il était
notre meilleur débardeur. Gros Simon valait facilement trois solides débardeurs. En plus, c'était un
leader-né. Certains étaient jaloux de lui et allaient
jusqu'à dire qu'il n'était pas seul, vous comprenez,

Da, on croyait qu'il était habité par des esprits puissants qui l'aidaient à transporter des sacs de café. C'était aussi un rude travailleur, jamais fatigué. L'affaire du camion, ça fait longtemps que Gros Simon mijotait cela, ça fait belle lurette que Gros Simon m'a dit qu'il essayait de mettre de l'argent de côté pour s'acheter un camion diesel. Il rêvait de faire le transport de Petit-Goâve à Port-au-Prince. Il conduirait à Port-au-Prince les gens, les marchandises et même le surplus de café que le bateau ne pourrait ramener à la capitale. Il en rêvait depuis dix ans. Quand j'ai appris qu'il avait gagné le gros lot, je me suis dit : « Gros Simon va pouvoir acheter son camion. Et quant à la mort de la petite Sylphise, ce n'est qu'une malheureuse coïncidence. »

LA VERSION DU NOTAIRE LONÉ

Toute cette affaire a été montée en épingle par des jaloux. Ce n'est pas la première ni la dernière fois qu'un enfant meurt dans ce pays de malheur. Mais chaque fois, c'est le même refrain. Ce n'est pas une mort naturelle. J'ai beau leur dire que la mort n'est jamais naturelle, qu'elle a des causes qu'on peut scientifiquement analyser. Les choses de l'esprit, ce n'est pas pour eux. La jalousie, la médisance, l'envie, c'est de cela qu'ils vivent. Rien dans la tête, tout dans l'intestin. Une société de merde, Da. Excusez-moi l'expression, mais c'est la plus juste que j'aie trouvée. Je ne connais pas ce Simon, ni son camion, ni sa pauvre petite fille, mais il y a là tous les éléments d'un drame haïtien. Da, ça fait longtemps que je regarde cette société et qu'est-ce que je vois : la même chose. Du vent. Rien n'a changé et rien ne changera jamais.

LA NOUVELLE VERSION DE ZETTE

Da, méfiez-vous du notaire Loné, on cite son nom aussi. Il paraît qu'il a des accointances avec le hougan Gervilien. De toute façon, on ne peut faire confiance à un homme qui marche sous la pluie sans jamais se mouiller. Pas même une seule goutte, Da.

LA VERSION D'ABSALOM

J'habite près du pont en fer, pas loin du petit cimetière. Le cimetière des enfants. J'habite pratiquement en face de ce cimetière. C'est un terrain qui appartient à l'arpenteur Lavertu. Il l'a acheté de Duvivier et m'a donné la possibilité de construire une petite maison sur un bout du terrain. J'ai planté aussi quelques manguiers et bananiers. Je vis seul, depuis la mort de Saintanise, ma défunte épouse, qui a été enterrée dans le grand cimetière, près de votre cousin Hannibal. Cela fait, cette année, près de quarante ans, Da, que je vis sur ce terrain et j'ai soixante-dix ans bien sonnés. Je connais la zone comme ma poche. Je connais chaque tombe ici, Da. Il y en a certaines que je nettoie moi-même. Da, il y a des gens respectables dans cette ville qui ne s'occupent jamais de leurs défunts. Pour moi, je le dis comme je le pense, ce ne sont pas des êtres humains, mais de la charogne. Da, si on veut connaître vraiment les gens, il faut observer comment ils traitent leurs défunts. Je ne citerai pas de noms, mais vous serez étonnée, Da, d'apprendre certaines choses. Souvent, je flâne dans le cimetière et je me surprends à saluer les gens. Je suis né dans cette ville. Je connais tout le monde, et nombreux sont ceux qui se trouvent maintenant dans le cimetière. Des bons et des méchants. Comme disait ma défunte mère : il y a des bons masques et des mauvais masques. Parce que nous avons tous un masque, Da. Il y a ceux qui respectaient le monde et ceux qui se croyaient au-dessus des autres. Ceux-là se croient le nombril du monde. Eh bien, Da, ils sont tous là, sous mes pieds. Je ne dis pas ça pour leur manquer de respect, je dis ça parce que c'est la réalité, la seule réalité du monde. Moi aussi, je me ferai dévorer par les vers, un jour. Et ce jour n'est peut-être pas loin. Mais la seule chose que je trouve vraiment injuste, c'est de voir les enfants partir les premiers. Je suis un vieux singe à qui on n'apprend pas à faire la grimace. Mais la petite Sylphise, il n'y avait aucune raison pour qu'elle parte si tôt. Je n'ai pas arrêté de réfléchir à cela, cette nuit-là, la nuit de ses funérailles. Il faisait très chaud, je me souviens. Je suis sorti fumer une pipe sur la tombe de Dorméus, la tombe la plus proche de ma maison. De toute façon, Dorméus était un bon ami de son vivant. J'étais tellement plongé dans mes pensées, en regardant les étoiles, que je n'ai pas vu le groupe arriver. Ils étaient une demi-douzaine. Avec de la cendre sur tout le corps. Ils tournaient nus autour de la tombe fraîche de la petite. Je suppose qu'ils allaient la déterrer parce que je ne suis pas resté pour assister à toute la cérémonie. Si je suis encore vivant, près du cimetière, c'est parce que je ne me mêle pas des affaires, des autres. J'ai trouvé ça quand même injuste. La petite fille n'avait jamais fait de mal à personne. Comment peut-on toucher à un ange, Da ?

LA NOUVELLE VERSION D'OGINÉ

J'espère qu'il n'y a personne qui nous écoute, mais je vous dois la vérité, Da. Je ne vous ai pas tout dit, l'autre jour. C'est vrai que mon cousin, le hougan Wilberforce, n'a jamais participé à l'affaire de la fillette de Gros Simon. Mais c'est moi qui ai suggéré à Gros Simon d'aller voir Gervilien, le hougan de morne Marinette. Je l'ai même conduit là-bas. Je l'ai fait parce que j'ai une dette envers Gervilien et que mon échéance arrivait. C'était pour la guérison de mon garçon. J'étais pris à la gorge, je ne savais que faire. Si je ne payais pas, Gervilien allait reprendre la vie de mon fils. C'est vrai que j'ai amené Gros Simon à Wilberforce en premier. Wilberforce lui a fait comprendre clairement qu'il ne fait pas le bien avec la main droite et le mal avec la main gauche. Alors, j'ai demandé à Gros Simon s'il était prêt à aller voir Gervilien. Il a blêmi. Il m'a demandé trois jours de réflexion. Gros Simon sait qu'après avoir vu Gervilien, on ne peut plus reculer. Finalement, il m'a donné un rendez-vous et on s'est rendus là-bas. On est partis dans l'après-midi et à dix heures du soir, on pouvait voir de loin le péristyle de Gervilien. Quand on est arrivés, on n'était pas seuls. Da, si je vous dis le nom des gens qui attendaient pour voir Gervilien, vous tomberiez de votre chaise. J'ai vu là-bas les gens les plus importants de cette ville. On a attendu et finalement Philo est venu nous chercher. J'ai marché avec Gros Simon jusqu'à la porte du péristyle, mais il est entré seul dans le temple. À la fin, Gros Simon est ressorti. Il avait le visage blafard. On a marché, sans un mot, durant toute la nuit. Dans les environs de Petite Guinée, on a rencontré une bande qui nous a arrêtés. Gervilien avait donné un laissez-passer à Gros Simon. Il l'a montré au chef de la bande. Je connaissais le groupe, ce sont les hommes de Dieuseul. Des démons enragés. Ils peuvent vous dévorer sur place. Presque sans cérémonie. J'ai donné une accolade à Dieuseul. Ils m'ont dit qu'ils allaient chercher Yaya, la grosse femme de Vialet qui habite derrière l'église. J'ai laissé Gros Simon chez lui et je suis allé me coucher au marché en attendant les chevaux qui devaient commencer à arriver vers cinq heures du matin. La petite fille est morte deux jours plus tard, un lundi vers midi, et Gros Simon a gagné le gros lot. Gervilien m'a demandé de prendre cinq hommes sûrs avec moi pour aller chercher l'enfant, la nuit même de ses funérailles. J'ai pris Augereau, le notaire Loné, Zette, le frère Jérôme et Mozart. On a fait ce qu'il fallait faire et tout s'est bien passé. Je sais qu'Absalom nous a vus, mais il ne se mêle pas de ce qui ne le regarde pas. Da, je sais que vous vous demandez comment il se fait que je donne des ordres à Augereau et au notaire Loné, moi, un simple gardien de parc ? Eh bien, la nuit est différente du jour. La nuit, le pays devient tête en bas. Tout ce qui était en haut devient en bas et tout ce qui était en bas devient en haut. Je ne vous apprends rien, Da.

DEUXIÈME PARTIE

Chapitre VIII

Le corps

Mon cœur

Cette chose aimait à arriver l'après-midi. Brusquement, sans raison, au milieu d'un repas, ou en parlant à Da, ou juste en étudiant ma leçon de géographie, ou même en courant faire des commissions chez Mozart. Brusquement, mon cœur se met à battre à une vitesse folle. On dirait qu'il va sortir de ma bouche et tomber par terre. Je le vois, là, à mes pieds, tout sale et sur le point d'être dévoré par une colonie de fourmis ailées. À ce moment-là, il me faut arrêter tout mouvement, car elle n'est pas loin. Vava est dans les parages. Je la sens qui s'approche. Mon ventre se met à bouillir. Ma tête devient vide. Je suis en sueur. Mes mains sont moites. Je me sens mal. Je vais mourir.

LES FLAMBOYANTS

Au début de juin, les flamboyants qui se trouvent dans la cour de l'école des frères de l'Instruction chrétienne se mettent à fleurir. Les examens de fin d'année approchent. Je ne dors plus parce que j'ai peur qu'à la fin des classes, Vava ne parte retrouver sa tante à Port-au-Prince. Je n'avale plus rien. Je fais semblant de manger et Da n'y voit que du feu. De toute façon, Da ne croit que dans le café des Palmes. Je commence à vraiment maigrir. Moi, déjà si maigre. Da finit par remarquer que je dépéris chaque fois que les flamboyants commencent à fleurir.

RÉGIME

Da me met au régime : lait caillé, cresson, langue de bœuf, sang de cochon, carotte et aubergine. Je déteste ça. Je déteste tout ce qui est bon pour la santé. La carotte est bonne pour les yeux. Je déteste la carotte. Da me force à manger, sinon c'est de l'huile de foie de morue que je dois prendre tous les jours. Pour me nettoyer le sang.

UN CLOU

Malgré ce régime intensif, je reste maigre comme un clou. Je suis si maigre que le professeur n'arrive pas à trouver un endroit bien en chair — même pas mes fesses — pour me donner une raclée. Je joue là-dessus. J'ai deux sortes de pantalons pour aller à l'école. Quand je sais mes leçons, je mets un pantalon qui me donne l'air un peu costaud. Quand je n'ai pas fait mes devoirs, j'enfile un autre pantalon qui donne l'impression que je vais mourir dans l'heure qui suit. Alors le professeur n'ose pas me toucher. Mais ce corps ne m'aide pas avec les filles.

BISCUIT

Philomène, la fille du docteur Cayemitte, m'a invité au baptême de sa poupée. J'ai apporté une boîte de biscuits Ritz. On a tous apporté la même chose, ce qui fait qu'on a passé la soirée à manger des biscuits. Tout le monde dansait. Je n'ai pas bougé de mon coin. Philomène est venue danser une fois avec moi. Je ne l'ai plus revue après. Didi aurait dansé avec moi si j'avais voulu, mais j'ai passé l'âge de danser avec ma cousine. Frantz est venu me dire qu'il y a une fille qui veut danser avec moi.

— Où est-elle ?

— Par là.

— Par là où, Frantz ?

Frantz d'un ton ironique :

— Tu ne voudrais pas que je te l'amène plutôt...

— O.K., ça va... Je viens.

Je suis allé avec Frantz dans l'autre pièce. C'est sa cousine. Elle est vraiment laide. Je le savais. Frantz m'a poussé dans le dos et je suis tombé sur elle. Tu parles d'un con. Je me suis excusé et je suis retourné à ma place. Il restait encore des biscuits.

FIL DE FER

Auguste dit que je suis si maigre que s'il pleut, je pourrai m'abriter sous un fil électrique. Je n'ai pas peur de me battre. Je le fais souvent avec mes pieds et mes dents. L'autre jour, un garçon de la rue Fraternité m'a pointé du doigt en disant : « Voilà la fille. »

J'ai failli lui arracher l'oreille gauche.

UN AVEUGLE

Un peu après la rue Dessalines, il y a un grand terrain vague où l'on va se battre après l'école. J'ai un truc infaillible : je remplis de pierres mon sac d'école, je ferme les yeux et je frappe comme un aveugle. Chaque fois que j'entends un bruit sourd, il y en a un qui tombe. À la fin, j'ouvre les yeux. Il n'y a déjà plus personne sur le terrain.

MON OMBRE

L'après-midi, quand on revient de l'école, on compare nos ombres. La mienne est toujours la plus longue, comme si j'étais un géant maigre.

BÂTON

Mon grand-père est mort au mois d'avril, en plein printemps, lui qui aimait tant les fleurs. Ma mère est partie retrouver mon père à Port-au-Prince. Mes tantes n'ont pas tardé à la rejoindre. Parfois, Da et moi, on essaie d'imaginer ce qu'elles font là-bas. Da n'a jamais été à Port-au-Prince. J'y suis déjà allé, mais mon expérience ne compte pas beaucoup. Ma mère et mes tantes envoient de longues lettres à Da. C'est moi qui les lis puisque Da a une mauvaise vue. Des fois, quand il n'y a pas de nouvelles lettres, on s'assoit sur la galerie et on relit les vieilles lettres qui datent de deux ou trois mois.

Da dit que je suis son bâton de vieillesse.

CHAPITRE IX

Le sexe

LE MUR

C'est Auguste qui m'a convaincu de le faire. Il suffit de grimper un mur, on tombe dans le jardin d'Ismela et on grimpe un autre mur pour tomber, cette fois-ci, dans la cour de l'école nationale de garçons. Les samedis, il n'y a personne. On trouve toujours une porte ouverte. Les salles sont très sombres. Auguste me conduit par la main. On marche sur la pointe des pieds comme si on allait voler des ananas dans le potager de Passilus. Auguste connaît bien l'endroit, c'est son école. Moi, je vais à l'école des frères de l'Instruction chrétienne. Les religieux habitent dans l'école. Et ils ne tombent jamais malades. L'école nationale est plus libre. Da ne m'enverra jamais dans une école où les élèves n'ont presque pas de devoirs à faire à la maison. Auguste me dit que ça fait le bonheur de sa mère. Elle ne peut pas l'aider. Elle ne sait ni lire ni écrire. Sa mère vient de la sixième section rurale, non loin des terres d'Abraham. Elle est venue à Petit-Goâve uniquement

pour s'occuper d'Auguste. Auguste lui fait croire ce
qu'il veut. C'est elle qui lui fait réciter sa leçon, le
matin. Il lui donne le livre à tenir et récite une leçon
vieille de trois jours. Auguste lui dit qu'il est parmi
les premiers de la classe, alors qu'il est dans le pelo-
ton de queue. Quelquefois, sa mère est prise d'un
soupçon et, sans raison, lui flanque une terrible
volée. Les voisins s'en mêlent. Et on finit par découvrir que, cette fois, exceptionnellement, Auguste
n'avait pas menti. Alors, prise de remords, sa mère le
cajole pendant un mois.

ENCRE

Auguste m'emmène dans sa classe. Il va s'asseoir
à son banc. Je fais le pitre devant le bureau comme si
j'étais le professeur. Auguste fait mine de réciter sa
leçon. Il n'arrive pas à trouver ses mots. Il a le visage
convulsé des bègues. Brusquement, il quitte sa place
et fonce vers le bureau du professeur. Il me jette par
terre, me piétine. Nous sommes en sueur. Nous lut-
tons un moment dans la pénombre douce. Aussi
brusquement qu'il a commencé la bagarre, Auguste
se lève et se déshabille. Il se met complètement nu. Je
me déshabille aussi. On se couche, chacun sur un
bureau, et on plonge nos pénis dans un petit encrier.
Ce sont de longs bureaux où peuvent s'asseoir côte à
côte une dizaine d'élèves; chaque élève a un encrier.
Auguste a l'air de souffrir. Je fais la même grimace
que lui. Auguste me fait un sourire encore plus gri-
maçant. Et il commence à émettre des sifflements
avec sa bouche. Il me demande si ça vient. je réponds

oui parce que ça fait un bout de temps que j'ai envie de faire pipi. Auguste me dit alors : « Si ça vient, laisse-toi aller. » Je me mets à pisser. Auguste me regarde, incrédule, avant de sauter sur moi. La pisse mêlée à l'encre fait une flaque bleue. Auguste me donne des coups de poing dans le dos. Je n'arrête pas de faire pipi. Quand je commence à faire pipi, rien ne peut m'arrêter. Auguste m'apprend que c'est comme ça qu'on fait avec les filles. Le sexe des filles : un trou noir avec du liquide à l'intérieur. Un liquide bleu.

CHEVAL

Je suis assis sur la galerie, presque sur le bout, dans l'angle droit. J'ai vu le manège d'Oginé. Il a déplacé le cheval de Naréus et l'a mis tout près de la jument de Chaël Charles. Deux bêtes tranquilles. Brusquement, le cheval se met à hennir et à tirer sur sa corde. Il a le sexe droit comme un balai. Le camion de Gros Simon passe, au même moment, en soulevant un peu de poussière. Marquis, couché près de la balance, se réveille, brusquement, et se met à aboyer. Le camion était déjà près de la croix du Jubilée quand le cheval a cassé la corde pour sauter sur la jument. Da m'envoie chercher sa cafetière juste à ce moment.

COLÈRE

Naréus remonte la rue en parlant tout seul. La voiture noire passe tout près de lui, en le rasant.

Naréus lève le poing vers le ciel. Il arrive à la hauteur de Da.

— Naré, qu'est-ce qui se passe ?

— C'est Oginé, Da. Je lui ai dit de ne pas toucher à mon cheval et il l'a poussé vers la jument de Chaël Charles.

— C'est ce qu'on t'a raconté, Naré, mais ce n'est pas ce que j'ai vu.

— Qu'est-ce que vous avez vu, Da ?

— Ton cheval était en rut et il a cassé sa corde.

— Si vous le dites, Da... De toute façon, il faut que je voie Oginé. Je lui avais dit de ne pas mettre la jument de Chaël Charles dans le parc en même temps que mon cheval. S'il m'avait prévenu, j'aurais attaché le cheval dans ma cour.

— C'était ce qu'il fallait faire, Naré, mais je te le redis, ce n'est pas la faute d'Oginé.

Naréus se secoue la tête. Sa colère est tombée. Il retourne donner à manger à ses canards.

— Da, dis-je, j'ai vu Oginé déplacer le cheval.

— Je l'ai vu faire, moi aussi.

— Da, comment as-tu pu voir le cheval puisque tu donnais dos au parc communal ?

Da se verse une bonne tasse de café chaud. Pendant un bon moment, on ne voit plus personne dans la rue. La rue est blanche, comme dit Da, jusqu'à la mer.

LE GENDARME

Un gendarme maigre comme un clou descend vers les casernes. Il vient d'arrêter Innocent, le tailleur de la rue Geffrard.

— Pourquoi l'avez-vous menotté ainsi ? demande Da.

— Da, cet homme a osé voler l'argent du commandant.

— Innocent ne ferait jamais pareille bêtise...

— Oui, Da, c'est comme je vous dis... Il est le tailleur du commandant et ça fait deux mois qu'il refuse de livrer le costume que le commandant a payé depuis longtemps.

— Da, je vous en supplie, faites entendre raison au caporal... Le commandant m'a donné quelque chose pour commencer le travail et c'est avec ça que j'ai pu acheter le fil et les boutons... Chaque fois que je vois le commandant à la loge et que je lui dis que je n'ai pas assez d'argent pour faire le travail, il me répond qu'il attend son costume et, aujourd'hui, il me fait chercher par le caporal... Regardez, Da, comme on m'a menotté... Je suis un père de famille et un honnête travailleur.

Le caporal a l'air un peu secoué.

— Ce n'est pas ma faute, Da, c'est le commandant qui m'a dit d'aller chercher Innocent.

— Bazile, tu as été à l'école avec Innocent ; je me souviens de vous avoir vus passer devant ma galerie, la main dans la main, alors que vous n'aviez même pas dix ans... Comment peux-tu traiter ainsi un ami d'enfance ?

Le caporal Bazile baisse la tête.

— Enlève-lui ces menottes et va dire au commandant que tu ne l'as pas trouvé... Et dites-lui aussi que j'ai une tasse de café amer pour lui.

— Oui, Da, dit le caporal.

— Merci, Da, dit Innocent.

LE MOUCHARD

Je ne sais pas qui nous a dénoncés. Au fond, je sais, c'est sûrement Djo, de la rue Pétion. Il n'y a que lui pour faire ça. En parlant du loup, on voit sa sale tête. Dio entre à l'instant dans la boutique d'Augustine. Il va faire son rapport quotidien sur les activités de la fille d'Augustine. C'est lui qui la surveille quand Augustin va acheter de la farine en gros à Port-au-Prince. Dio a une tête d'épingle, des yeux toujours écarquillés et la plus grosse pomme d'Adam que j'aie jamais vue. Augustine passe son bras autour des épaules de Djo. Elle sourit. Djo fait mine de partir. Je connais son petit manège. Il revient et murmure quelque chose à l'oreille d'Augustine. Augustine rentre dans la boutique et ressort tout de suite avec un sac de provisions. Djo a le visage illuminé. Le voici qui s'en va finalement. Il se retourne dans la rue pour envoyer la main une dernière fois à Augustine. Pauvre Marie, qu'est-ce qu'elle va prendre comme raclée, ce soir !

DA ET DJO

Da déteste Djo. Une fois, Djo a rapporté quelque chose à Da qui l'a écouté sans rien dire. À la fin, il a demandé à Da un peu d'argent pour sa peine. Da n'a rien fait. Quand Da méprise quelqu'un, elle ne le lui fait pas dire. Il le sait dans la seconde qui suit. Djo est resté un bon moment à parler de moi, affirmant qu'il m'a vu à la mer avec des voyous. Il a aussi dit que j'ai l'habitude de manger dans la rue, après l'école. Si ça avait été quelqu'un d'autre qui avait rapporté ces propos, Da m'aurait tué. Mais Da déteste tellement Djo qu'elle n'écoute pas ce qu'il dit. Finalement, il est parti, la queue entre les jambes. Après son départ, Da m'a demandé d'éviter Djo comme la peste.

BLEU

C'est donc Djo qui nous a dénoncés. Comment a-t-il su ? Il est vrai qu'Auguste a amené tous les amis du quartier à notre jeu. On était une dizaine dans la classe d'Auguste quand la grande porte s'est ouverte brusquement. Nous avions nos pantalons baissés. On était tous couchés sur les bancs quand le directeur nous a surpris. Il a ramené chacun de nous chez lui pour recevoir la plus mémorable raclée de sa vie. Comme on habitait à peu près tous la même rue, on nous a plantés nus sur nos galeries respectives pour que les gens qui passent puissent voir nos pénis bleus.

Chapitre X

L'amour fou

Le vrai cimetière

Da prend le gobelet d'eau et jette l'eau trois fois par terre. Da dit qu'il faut saluer les morts.

Je dis à Da :

— Les morts sont au cimetière.

Da me regarde et sourit. Pour Da, les morts sont partout. Et depuis le temps que les gens meurent, il doit y avoir plus de morts que de vivants sur la terre.

— Si les morts étaient plus nombreux, Da, on aurait agrandi le cimetière.

— Le vrai cimetière est partout. Là où se trouve cette maison, il y a eu une tombe. Quand ton grand-père a acheté ce terrain, le vieux Labasterre était enterré là. Et plein d'autres gens avant lui. On a trouvé une dizaine de tombes.

— Da, on vit sur des tombes !

— Et quand la ville sera trop petite, on l'agrandira et on bâtira des maisons sur d'anciennes tombes complètement en ruine.

Selon Da, on est vraiment mort quand il n'y a personne pour se rappeler notre nom sur cette terre.

L'ÉCOLE BUISSONNIÈRE

Dieuseul est passé me prendre à la maison. On a fait semblant d'aller à l'école. Da me regarde toujours de la galerie jusqu'à ce que je tourne au coin du parquet. On a remonté la rue Dessalines jusqu'à la rue Geffrard. On a tourné à gauche sur la rue Desvignes et juste après la maison de jeu de Germain, on a pris le petit chemin de terre qui mène droit au grand cimetière. Dieuseul connaît bien ce chemin. Moi, je passe généralement par la cour de l'arpenteur Lavertu et je continue tout droit jusqu'à ce que je voie, au loin, la croix du baron Samedi.

LE BARON

Dans le grand cimetière, il y a une tombe vide avec une grande croix de bois noir. C'est la tombe du baron Samedi, le maître des morts. La vieille Cornélia est toujours en train de l'arroser, surtout quand le soleil est au zénith. Baron a soif.

LES MORTS

Dieuseul m'a emmené sur la tombe de sa mère, jusqu'au bout du cimetière. Il faut traverser toutes les tombes. Il y en a qui sont complètement démolies.

Dieuseul court sur les tombes en sautant par-dessus quelques-unes. J'essaie de le suivre, mais j'ai peur de tomber dans un trou et de me retrouver avec un squelette. Dieuseul file comme l'éclair en se retournant de temps en temps pour me faire signe de continuer à le suivre. Quelquefois, il m'indique un endroit dangereux à éviter. L'herbe a repoussé sur une tombe complètement en ruine et, si on marche dessus, on risque de tomber dans un caveau souterrain. Finalement, on arrive à la tombe de sa mère.

LA MÈRE DE DIEUSEUL

La mère de Dieuseul a été, selon Da, la plus belle femme de Petit-Goâve. C'est son amant, Milord, qui l'a tuée, un mardi à midi, parce qu'il était jaloux du mari. Dieuseul est le fils de Milord. C'est Samuel, le mari, qui a toujours élevé Dieuseul, même avant la mort de Milord. Milord s'est tué immédiatement après avoir donné la mort à Ludna. On les a enterrés côte à côte, mais pas dans la même tombe.

LE JOUR SANGLANT

Dieuseul était petit quand cette histoire est arrivée. Son père, Milord, est entré dans la maison avec un fusil. Lui, Dieuseul, il était en train de jouer dans la cour. Ils ont commencé à s'insulter en gueulant comme pour ameuter la ville. Tout le monde connaît l'histoire, c'est toujours la même chose chaque fois que Samuel va à Port-au-Prince. Milord arrive et fait une scène. Il veut que Ludna quitte Samuel pour venir vivre avec lui. Elle lui répond toujours qu'elle n'ira jamais vivre avec un homme qui ne sait rien faire de ses dix doigts, qui n'est même pas capable de s'occuper de son propre fils. Mais le légendaire Milord croit encore à son charme. Ludna refuse, comme à chaque fois, de le suivre. Les coups commencent à pleuvoir. Les voisins n'arrêtent pas de vaquer à leurs occupations. Milord menace de lui faire sauter la cervelle et de se tuer après. Thérèse continue à étendre tranquillement son linge sur les bayarondes rouillées qui font le périmètre de la boutique de Mozart. Mozart est assis sur sa galerie en train de lire des journaux qui datent de deux mois. Le soleil de midi paralyse les gens. Milord continue de battre Ludna en lui demandant pour la millième fois de venir vivre avec lui dans sa petite maison du bord de mer. Ludna lui répond encore pour la millième fois qu'elle n'ira jamais vivre avec un bon à rien. On n'entend presque plus rien pendant une bonne minute. Aucun bruit. Pas un cri. Puis, voilà Milord qui se met à sangloter en demandant pardon à Ludna pour tout le mal qu'il lui a fait. Il implore le pardon de Ludna qui veut bien lui pardonner, mais ajoute qu'elle n'ira jamais vivre avec lui. Et ça recommence : les insultes, les coups, les larmes.

LA MORT

Thérèse se rappelle que quelqu'un a dit : « Milord est enragé, aujourd'hui, est-ce qu'on va le laisser tuer cette pauvre femme ? » La vieille Cornélia a répondu que ça fait dix ans que c'est comme ça. L'homme a continué son chemin et il n'avait pas encore atteint la croix du Jubilée quand le premier coup de feu a éclaté. Milord a retourné, ensuite, l'arme contre lui. Il a mis le canon du fusil dans sa bouche et a tiré. Quand les gendarmes sont arrivés et ont défoncé la porte, ils ont trouvé les deux corps l'un sur l'autre et le fusil pas trop loin. Dieuseul n'a pas bougé de la cour où il était en train de jouer tout seul. Et quand le corps de son père est passé devant lui, il l'a giflé.

LE BOUQUET

Dieuseul a ramassé des fleurs laissées sur d'autres tombes pour faire un bouquet pour sa mère.

CHAPITRE XI

Le destin

LE MARCHAND DE FOIN

L'après-midi, j'aime m'asseoir avec Da sur la galerie. Parfois, Da et moi, on ne dit rien jusqu'à ce que quelqu'un vienne à passer. Odilon pousse son âne avec un vieux bâton plein de nœuds. Odilon vend du foin pour les chevaux. Chaque après-midi, vers cinq heures, il va voir Oginé qui lui achète un paquet de foin. Da salue toujours cérémonieusement Odilon.

— Tu sais qui est cet homme ?

— Oui, Da, c'est le marchand de foin.

— Il n'a pas toujours été marchand de foin. Du temps où j'étais jeune fille, Odilon passait pour être le plus bel homme de Petit-Goâve. Toutes les jeunes filles étaient plus ou moins amoureuses de lui.

— Même toi, Da ?

— Même moi, mais Odilon est allé plus loin avec Ernestine. Ernestine est tombée enceinte. Et pour ne pas se marier avec elle, Odilon s'est sauvé à Port-au-Prince.

— Et pris de remords, il est revenu se marier après la naissance de l'enfant.

— Non, il n'aurait pas pu se marier avec Ernestine puisque celle-ci est morte de honte. Le père d'Ernestine, un certain Mabial, un homme des Palmes, avait juré qu'Odilon reviendrait mendier à Petit-Goâve. Quelques années plus tard, Samson est allé à Port-au-Prince et il a vu Odilon qui était devenu un monsieur à la capitale. Le père d'Ernestine n'a pas bronché. Il était assis sur sa galerie quand Samson a lancé la nouvelle. Il n'a rien dit. Thérèse, sa femme, a simplement murmuré : "C'est comme ça, il engrosse ma fille et va faire le beau à Port-au-Prince." Mabial n'a pas desserré les dents. Thérèse s'est mise à pleurer et est rentrée dans la maison.

— Et c'est tout, Da ?

— Les années ont passé et un beau jour, Odilon est revenu avec le même costume qu'il portait quand il a quitté Petit-Goâve. Il racontait qu'il avait fait fortune dans la banane avec la MacDonald Fruit Company et qu'il avait fait faillite quand la compagnie a dû quitter le pays. Il n'avait pas un sou et, naturellement, plus un seul ami. Voyant qu'il allait crever à Port-au-Prince, il a préféré venir mourir chez lui, là où tout le monde le connaît. Quand il est arrivé à Petit-Goâve, il était si maigre que personne ne l'a reconnu. Il se tenait debout près du marché quand Thérèse l'a vu pour la première fois depuis son retour. Elle lui a sauté dessus en lui martelant la poitrine de petits coups secs. Les gens qui étaient tout près se sont empressés de les séparer. Ils voulaient empêcher Thérèse de tuer un pauvre diable sans défense. Thérèse était si hystérique qu'elle n'arrivait pas à prononcer un mot. Quand elle a pu parler, elle a juste murmuré : "C'est Odilon… Odilon Lauredan." Puis, elle s'est évanouie. Les gens ont commencé à entourer Odilon et il a raconté son histoire. Quand il a eu fini, les gens sont repartis sans dire un mot. Odilon a commencé par dormir au marché, dans le quartier des marchandes de poisson. Il sentait le poisson à longueur de journée. Un jour, Thérèse lui a apporté des pantalons et des chemises propres. Elle a lavé Odilon et l'a habillé devant tout le monde. Thérèse lui a dit : "Ma fille unique n'a pas été assez bonne pour toi, tu l'as humiliée et elle en est morte. Ce que je fais aujourd'hui, je ne le fais pas pour toi, mais parce que ma fille (elle pleurait en disant cela) m'a dit, sur son lit de mort, que tu es le seul homme qu'elle ait jamais aimé. Je ne veux pas te laisser souiller son amour comme ça." Elle n'arrêtait pas de pleurer toutes les larmes de son corps, elle qui n'a pas versé une seule larme le jour des funérailles d'Ernestine. Thérèse l'a emmené chez elle et l'a logé dans la petite maison de la cour. Mabial n'a rien dit. Il n'a plus jamais reparlé de cette histoire. Thérèse est morte quelques années plus tard. Mabial a gardé Odilon dans sa cour sans jamais lui adresser la parole. Après la mort de Mabial, la famille de celui-ci a chassé Odilon de la cour. Qui aurait dit que je verrais, un jour, Odilon en marchand de foin. La vie est un mystère.

Chapitre XII

La fièvre

La fête

Da m'a obligé, finalement, à aller à la fête de Nissage. Je ne voulais pas y aller parce que je savais que Vava serait dans les parages. Dans sa nouvelle robe jaune. Une robe avec beaucoup de dentelle et une sorte de traîne. Je n'aime pas cette robe sur Vava. Je transpire. J'ai mal. Il faut que je rentre. Je vais dire à Nissage que je dois partir. Le cocktail de cerises me fait tourner la tête. La terre s'avance vers moi. Nissage m'attrape au vol. Et je me suis retrouvé dans mon lit. Da, près de moi.

Le tunnel

Quand je ferme les yeux très fort, je vois de petites lueurs jaunes. Ce n'est jamais le noir total. Même si la chambre est dans le noir.

LES YEUX

Da dit que ça fait deux jours que je garde les yeux fermés. Des fois, je dors. D'autres fois, elle a l'impression que je garde simplement les yeux fermés. Da a passé ces deux derniers jours à m'appeler par mon nom. Mon nom secret.

LA MALARIA

Le docteur Cayemitte est passé trois fois en deux jours. Il n'arrive pas à savoir ce que j'ai vraiment. D'après lui, je fais un peu de faiblesse, ce qui est naturel puisque je suis en pleine croissance. Mais il n'est pas sûr. Il s'inquiète aussi de la malaria. Petit-Goâve est une ville entourée de marais. Le docteur Cayemitte doit partir avant vendredi. Il fera tout son possible, a-t-il dit à Da, pour me voir avant son départ. Une ou deux fois par mois, il va chercher les résultats de ses analyses à Port-au-Prince. Le docteur Cayemitte m'a fait remplir d'urine une petite bouteille qu'il a enveloppée dans un mouchoir avant de la glisser dans la poche de sa veste. Da dit que le docteur Cayemitte est si distrait qu'il serait capable de confondre la bouteille d'urine avec une bouteille de parfum. Et de s'en servir pour se parfumer.

LA CLINIQUE

Le docteur Cayemitte est ainsi. Il a une clinique à Vialet et, chaque matin, il se demande s'il doit y aller ou pas. Il sort sa vieille bicyclette, nettoie les rayons avec de la vaseline, fait le test des freins et se prépare à partir pour sa clinique. Da dit que si quelqu'un vient à passer au même moment et lui demande : « Docteur Cayemitte, vous allez à Vialet ? » Il répondra, sincèrement, le pied droit sur la pédale : « Je ne sais pas, ma chère… Je ne dis pas oui… Je ne dis pas non…» L'instant d'après, il donnera un vigoureux coup de pédale en tournant le guidon vers la gauche ou vers la droite. Vers la droite pour aller passer la journée à causer sous un manguier avec son vieil ami Charles Reid, grand amateur de soupe aux escargots. Vers la gauche pour descendre à sa clinique, à Vialet.

CAMPHRE

Da me fait respirer du camphre. J'aime l'odeur. Elle me picote le nez et me monte à la tête. Alors je ferme les yeux pour voir les lueurs jaunes. Des cercles un peu flous avec un noyau dur. J'ai l'impression de m'enfoncer dans un tunnel sans fin. Je veux toucher la source de la lumière jaune. Je m'enfonce de plus en plus. La lumière jaune m'attire. Je me sens léger. Je m'approche du centre de la lueur. Je commence à respirer avec difficulté. Malgré tout, je veux y aller. Atteindre le cœur du jaune. Il fait terriblement chaud. Je suis en sueur. Je sens les gouttes de sueur sur mes paupières. Je continue ma route vers le septième cercle. Cela devient insupportable. Je vais me brûler. Le feu jaune. La robe de Vava. Les grands yeux noirs. LES TERRIBLES GRANDS YEUX

NOIRS. Le centre de la lumière est un trou noir très froid.

PAUPIÈRES

Les paupières de Vava. Des papillons noirs. Deux larges ailes. Un battement doux, ample. J'ai mal au cœur. Noir. Rouge. Je choisis le jaune.

LA CHAMBRE

La chambre sent le camphre. J'ai une compresse d'eau froide sur la tête depuis deux jours. La fièvre est tombée. Da ne veut pas que je quitte la chambre. Elle est assise à mon chevet avec une cafetière à ses pieds. Je suis dans mon lit, la tête sur une montagne d'oreillers. Je me sens un peu mieux. Da me tient par les épaules pour me faire boire une mixture amère, du thé de verveine. J'arrive à peine à soulever ma tête. Je fais la grimace. Da dit que c'est bon signe.

LA VIERGE ILLUMINÉE

Sur la petite table, près du mur qui sépare la grande chambre de l'ancienne chambre de mon grand-père, il y a une vierge illuminée. Da s'age-nouille devant la statue chaque fois qu'elle traverse la chambre. Les bras de la Vierge sont ouverts. Ses paumes bien à plat tiennent, chacune, un livre de prière. Da commence toujours sa litanie en psalmodiant les différents noms de la Vierge : Notre-Dame-du-mont-Carmel, Immaculée-Conception, Notre-Dame-du-Perpétuel-Secours, Marie et Marie-mère-de-Dieu. Da garde les yeux fermés durant toute la prière. Pour finir, elle demande à la Vierge sa protection pour ses filles. Elle cite leurs noms : « Marie, Raymonde, Renée, Gilberte, Ninine... Seigneur, elles sont entre vos mains miséricordieuses. »

Da fait le signe de la croix avant de se relever lourdement.

TIMISE

Timise, une vieille cousine de mon grand-père, est venue aux nouvelles. J'entends sa voix de ma chambre. Elle cause de sa voix perchée dans la salle à manger avec Da. Timise me fait toujours penser à un oiseau de proie. Un vautour. Peut-être à cause de son nez. J'ai vu un vautour dans mon livre de géographie. Tante Timise a une petite tête plissée, un menton fuyant et pas de dents. Da dit qu'avec ses gencives violettes, Timise peut casser n'importe quel os. Malgré tout, elle embrasse tout le monde sur la bouche ; une bouche remplie d'une bave cadavérique. Dès que je tombe malade, Timise s'amène toujours, sans que personne l'ait prévenue.

L'ENFER

Timise vit à la Petite Guinée, tout près des marais, dans une maison à toit de chaume. Timise y vit seule depuis la mort de son unique fille. Elle ne connaît presque plus personne à part Da. Les enfants ont peur d'elle à cause de cette robe noire un peu rouillée qu'elle porte tout le temps. Parfois, quand le soleil est trop brûlant et qu'il n'y a personne dans les rues, on la voit remonter la rue Geffrard. Auguste, Evan, Francis et Dominique se cachent derrière les arbres pour lui lancer des pierres. Timise leur fait face en les menaçant des feux de l'enfer. Elle lève ses bras maigres vers le ciel et prend saint Mathias à témoin. Les garçons brûleront jusqu'à la septième génération.

TROIS GOUTTES

Timise est entrée dans la chambre. Elle ne prend pas la peine de me demander comment je vais, ni où j'ai mal. Elle me déshabille complètement, sort un grand mouchoir rouge où elle avait enveloppé une petite fiole d'huile de ricin. Timise me jette trois gouttes d'huile sur le corps. Une sur le front, une autre sur la poitrine et la troisième sur le pied droit. De ses doigts crochus, elle commence à me masser le front et les tempes. Ma tête prend feu. Elle m'ouvre la bouche et me frotte durement les gencives avec son doigt sale. Elle continue vers mon cou, puis essaie de me dévisser la tête. Elle sort un sou noir de son mouchoir et me le colle sur l'estomac. Timise presse la pièce de toutes ses forces sur mon plexus solaire. Je n'arrive pas à respirer. Une forte envie de vomir me traverse le corps. Puis c'est le tour de mes cuisses, de mes chevilles et de la plante de mes pieds. Elle cherche le mauvais sang partout en moi. Elle recommence plusieurs fois le même manège et, finalement, son visage s'éclaire. Elle a trouvé. Elle se penche vers moi et me suce la peau jusqu'au sang, là où elle avait placé la petite pièce.

LE BAIN

Ce midi, Da avait mis au soleil deux cuvettes blanches pleines d'eau, sous le manguier. Da est allée ensuite cueillir des feuilles d'oranger qu'elle a jetées dans les cuvettes. Une lourde mangue bien mûre est tombée près de la cuvette. Les fourmis n'ont pas tardé à trouver un chemin jusqu'au cœur du fruit. Da est venue me chercher dans la chambre. Mes jambes sont encore un peu faibles et ma tête est lourde. Da m'a enlevé le pyjama et m'a fait entrer dans la première cuvette. Elle m'a lavé la tête, savonné tout le corps avec un savon bon marché. Ma peau est si fragile que j'ai l'impression que le savon va la déchirer. Avec l'eau de la deuxième cuvette, Da m'a rincé le corps. Quelques feuilles d'oranger restent collées à ma tête et sur mon dos. Da ne les a pas enlevées. Marquis commençait à tourner autour de la cuvette avec l'intention de prendre un bain, lui aussi. J'étais si content de le voir que je ne l'ai pas repoussé. Da m'a ensuite enveloppé dans un drap blanc très propre. On a marché jusqu'à la chambre et Da a ouvert toutes les fenêtres pour chasser l'odeur de la fièvre.

CHAPITRE XIII

La vie

LE COQ

Borno est passé devant la galerie et a salué Da d'un signe de tête. Il va sûrement à un combat de coqs chez Germain. Le ciel est d'un bleu net et dur. L'air doux de la fin d'après-midi. Borno tient le coq sous son bras, la tête complètement enveloppée dans une vieille chaussette. Le coq ne doit pas savoir où il va. Je vois le bec pointu qui a percé la chaussette. Il n'arrête pas de tourner la tête.

— C'est un coq de qualité, Da, je l'ai acheté en République dominicaine...

— C'est vrai, ils ont de bons coqs là-bas...

— Qu'est-ce qu'il a ? Il est malade, Da ?

Personne ne m'adresse jamais la parole directement.

— Depuis trois semaines, il fait de la fièvre.

— Da, il faut traiter le p'tit gars comme un coq. Le seul remède, c'est l'alcool. Un peu d'amidon qu'on mélange avec du tafia, puis vous lui badigeonnez tout le corps avec cette mixture.

— Merci, Borno. Je le ferai la prochaine fois.

— J'ai du tafia avec moi, Da.

— Je ferai ça demain... Timise lui a déjà fait un massage, récemment.

— Il n'y a que le tafia pour les coqs comme pour les garçons. Il faut élever ce garçon comme un coq de combat. Ne le garde pas dans tes jupes, Da.

Borno se tourne vers moi et je vois ses yeux rougis par le manque de sommeil et l'alcool.

— Je parie que tu ne t'es jamais battu ?

Je le regarde sans dire un mot.

— Il m'a l'air quand même malin, ton p'tit gars, Da.

Da me regarde et sourit. J'aime ce sourire de Da. Je me penche pour regarder une fourmi en train de transporter un minuscule morceau de pain. Je la touche presque avec mon œil gauche.

— Tu ne veux pas une tasse de café ? demande Da en remplissant déjà la tasse bleue.

Borno fait deux pas vers la galerie, prend la tasse et siffle le café en deux longues et puissantes gorgées.

— Merci, Da. Un bon café... Maintenant, faut que je file.

Borno sort la bouteille de tafia de sa poche arrière droite, prend une longue gorgée, en boit un peu et rejette le reste avec violence sur la tête du coq.

— Crois-moi, dit-il en s'en allant, t'as un p'tit gars, il faut le traiter comme un p'tit coq. Ne le garde pas au chaud, sous ton ventre, Da.

Je regarde longtemps le dos de Borno qui prend la direction de la croix du Jubilée. La tête du coq est enveloppée dans une chaussette. Au moment où Borno allait tourner à droite vers la maison de jeu de

Germain, la voiture noire de Devieux débouche sans klaxonner. Borno l'esquive de justesse.

Chapitre XIV

La nuit

La fenêtre

Quand je dors dans la chambre de mon grand-père, je fais toujours ce rêve. Je suis dans une ville que je ne connais pas. En tout cas, ce n'est pas Petit-Goâve. Je ne vois pas le vieux morne chauve, ni la Petite Guinée, ni la croix du Jubilée, ni le port ou l'école des garçons. Je ne vois rien de cela, mais, malgré tout, je me sens à Petit-Goâve. Je survole la ville. Je n'ai qu'à étendre mes bras pour voler. Je vole au-dessus des marais et je pénètre chez les gens en passant par la fenêtre.

La lampe

Une petite maison rouge, au loin. Près de la croix. Je m'y dirige. La fenêtre est ouverte. Une lampe sur une minuscule table de chevet. Vava, couchée dans un petit lit à drap rose. Je pénètre dans la chambre. Je la regarde dormir un moment. Son souffle est doux. Je m'approche pour l'embrasser et c'est une couleuvre que je vois à la place de Vava. Je pousse un cri de frayeur. La couleuvre relève vivement la tête. Je veux quitter la chambre, mais je n'arrive pas à prendre mon envol.

LA NUIT PARFAITE

Le notaire Loné rentre chez lui d'un pas égal. Un ciel étoilé. Une légère brise. Le notaire s'arrête.

— Une nuit parfaite, Da.

— En effet.

Le notaire Loné continue son chemin tranquillement.

LA COULEUVRE

Da me raconte cette histoire :

« C'est l'histoire d'une jeune fille trop belle pour se trouver un mari. Elle était si belle qu'aucun homme de la ville ne semblait digne d'elle. Un jour, un étranger est arrivé. Il était habillé tout de noir sur un cheval noir. Ses yeux légèrement bridés. L'homme s'est dirigé tout droit vers la maison de la belle jeune fille pour la demander en mariage. La mère finit par accepter et la date du mariage fut fixée pour le dimanche suivant. Toute la ville s'étonna de la rapidité des événements. Ils firent un mariage très intime. La mère de la jeune fille n'avait pas beaucoup d'amis dans la ville. Et le mari n'avait plus de famille. Le couple passa la nuit de noces dans la petite chambre que la jeune femme occupait avant son mariage. La mère dormait dans la pièce d'à côté. Au milieu de la nuit, on entendit un cri de frayeur.

— Maman, dit la jeune mariée, il y a une couleuvre dans mon lit.

— Ce n'est pas grave, ma fille.

Une heure plus tard.

— Maman, maman, la couleuvre est en train de m'avaler...

— Mais non, ma fille, n'aie pas peur...

Quelque temps plus tard.

— Maman, j'ai peur... Je vais mourir... La couleuvre m'avale.

— Non, ma fille, quand j'avais ton âge, j'ai connu ça... Et comme tu vois, je suis encore vivante.

— Maman, c'est une vraie couleuvre...

Voulant en avoir le cœur net, la mère quitta enfin son lit pour aller voir ce qui se passait dans la chambre nuptiale. En effet, la couleuvre allait engloutir la tête de sa fille. D'un mouvement vif, la mère s'empara d'une machette et lui fit sauter la tête. La couleuvre se changea en un bel homme à la tête coupée. »

LE BRUIT DES SABOTS

Da et moi, on est restés très longtemps sur la galerie. Toutes les maisons de la rue ont déjà fermé leur porte. Même le vieux Nathan qui veille toujours très tard. On entend les chiens qui forment une petite bande au pied de la croix. La rue change de couleur. La lumière blafarde de la pleine nuit. Oginé est revenu chercher, dans le parc, la jument de Chaël Charles. Dans le silence de la nuit, on entend distinctement le bruit sec des sabots de la bête. Quand la jument a dépassé la grande maison en bois des Rigaud, je n'ai plus rien entendu, mais je voyais encore son gros derrière balancer comme un pendule.

LE RÊVE DE DA

Da a rêvé que Mozart était mort. On devait l'enterrer à quatre heures de l'après-midi. Da était assise sur sa galerie quand elle a vu Mozart passer en coup de vent. Il avait oublié son chapeau et était revenu le chercher dans la boutique. Thérèse, sa femme, était en train de remplir des sachets de sucre. Mozart est entré, a décroché son chapeau de paille et a embrassé Thérèse sur les deux joues. Augereau a tenté de l'intercepter pour lui demander des renseignements à propos de ses funérailles. Mozart a répondu que c'était toujours pour quatre heures de l'après-midi et qu'il lui fallait faire vite pour descendre à la Petite Guinée et revenir avant quatre heures. Mozart a rapidement serré la main d'Augereau et il est parti en courant retrouver Passilus qui l'attendait près du parquet. Augereau a regardé un moment la main qui a serré celle de Mozart avant de crier à Da que lui aussi a des choses à faire à la croix du Jubilée, mais qu'il espère être revenu à temps pour les funérailles. Thérèse est venue se plaindre à Da que Mozart est parti sans lui dire quel costume il aimerait porter pour ses funérailles. Da lui a fait comprendre que n'importe quel costume noir ferait l'affaire.

L'INTERPRÉTATION DE DA

L'élément principal du rêve, c'est le chapeau et ça porte chance. Mozart est doublement chanceux, parce que mourir dans un rêve, c'est un bon signe. Cela signifie qu'on est en bonne santé. Mozart va sûrement conclure une affaire intéressante ces jours-ci. Une semaine après ce rêve, Mozart a gagné à la loterie nationale (le troisième gros lot) et il a pu acheter un bout de terrain à la Petite Guinée.

LE POISSON AMOUREUX

Da me raconte cette histoire :

« C'est l'histoire d'un poisson qui vivait dans une mare près de Vialet, sur la route de Miragoâne. L'eau est toujours sale, sauf quand Clémentine est là. Alors Tezin, le poisson qui vit au fond de l'eau, remonte à la surface en entendant la voix de Clémentine. La petite chanson de Tezin, mon ami Zin. Et l'eau devient claire. Contrairement à ses amies, Clémentine ramène toujours à la maison une cuvette d'eau propre. Une fois, une fille remarque le manège de Clémentine. Elle voit Clémentine en train de chanter, quand il n'y a personne aux environs, une douce mélodie dont le refrain est : Tezin, mon ami Zin... Tezin surgit à la surface de l'eau qui devient subitement claire. La fille jalouse, qui assistait à la scène cachée derrière un rocher, est allée tout raconter au père de Clémentine. Clémentine a un amoureux et c'est un poisson. Le père de Clémentine l'écoute en silence et prépare déjà un plan pour les surprendre.

Un jour, il demande à Clémentine d'aller lui chercher de l'eau. Celle-ci prend une cuvette et se dirige vers la mare. Le père prend un chemin de traverse pour aller se cacher derrière le rocher. Il voit Clémentine arriver avec la cuvette sur sa tête, s'asseoir près de l'eau et se mettre à chanter. L'eau commence à s'éclaircir. Le poisson sort sa tête hors de l'eau et le père de Clémentine, vif comme l'éclair, lui tranche la tête d'un coup de machette. La mare devient rouge. Le père ramène le poisson à la maison. La mère le fait cuire, mais Clémentine refuse d'en manger. Elle passe tout l'après-midi assise sur une vieille chaise en paille, à pleurer et à chanter la chanson de Tezin. Au fur et à mesure qu'elle chante, la chaise s'enfonce dans la terre. Elle n'arrête pas de chanter, ni de pleurer. La chaise continue de s'enfoncer. À un moment donné, la mère entend la faible voix de Clémentine. Elle la cherche partout pour, finalement, la trouver derrière la maison. Clémentine était déjà complètement enfoncée dans la terre. Il ne restait au-dehors qu'une tresse de cheveux. La mère tire brutalement sur la tresse qui lui reste dans la main. »

COURAGE, ZETTE

C'est Zette qui nous a donné le signal du départ.
— Je ne ferai pas vieux os, ce soir, Da.
— Charles est là ?
— Non, Da, je ne sais pas s'il est mort ou vivant.
— Prends courage, ma fille.
— Bonne nuit, Da.
— Bonne nuit, Zette.

— Alors, à demain.

— C'est ça, à demain.

— C'est peut-être ma dernière nuit, Da.

— Ne te décourage pas, ma fille, va te coucher, Dieu veillera sur toi.

Zette entre dans la maison pour ressortir tout de suite après.

— Da, si je ne suis pas réveillée à onze heures, envoyez votre garçon voir ce qui se passe.

— Oui, Zette, mais je sais que tu seras fraîche comme une rose demain matin.

— Merci, Da, vous me donnez du courage.

C'est, chaque soir, le même rituel. Zette a peur de mourir dans son sommeil.

LE CHIEN DE GÉDÉON

Da a déjà vu Gédéon, un mois après sa mort. Da l'avait reconnu à cause de son chien qui le suivait, cette nuit-là. Le chien n'a pas survécu trop longtemps à Gédéon. Trois mois plus tard, il était mort de chagrin. Et Da vient de le voir passer derrière Gédéon.

LE RÊVE DE ZETTE

Zette a rêvé que deux dames sont venues la visiter. L'une en bleu et l'autre en blanc. Elles sont arrivées chez Zette et elles ont passé tout l'après-midi à parler entre elles sans jamais se soucier d'elle ni l'inviter même une fois à participer à la conversation. Juste après l'angélus, elles sont parties sans jamais lui dire un mot.

L'INTERPRÉTATION DE DA

Ce sont les messagères de la mort. Pour elles, Zette est déjà morte, bien qu'elle soit encore en vie.

LE BARON SAMEDI

Il a plu cet après-midi, en plein soleil. Da dit que c'est parce que le baron Samedi est en train de battre sa femme.

— Ce salaud ne trouve rien d'autre à faire, dit Zette.

LE RÊVE DU FRÈRE JÉRÔME

Le frère Jérôme a rêvé de sa mère morte il y a neuf ans. Il était à la maison en train de manger un hareng quand sa mère est entrée par la porte de la cour. Elle portait la robe de ses funérailles et avait l'air plus jeune. Elle ressemblait plutôt à la photo qui est au salon où on la voit avec sa jeune sœur Iplena. Le frère Jérôme s'exclame en la voyant arriver :

— Oh comme tu es belle, maman !

— Oui, c'est comme ça, là-bas, Jérôme, tu peux choisir de vivre toujours à l'âge que tu préfères. Quand je vivais sur la terre, c'était la meilleure époque de ma vie. Iplena et moi, on était toujours ensemble. Je n'avais pas encore rencontré ton salaud de père...

— Pourquoi tu es revenue, maman ?

— Je suis revenue te chercher, Jérôme. Je ne peux pas être si bien là-bas et voir mon fils unique dans la misère.

— Mais, maman, je suis bien. C'est ma vie. Quand je serai mort, j'aurai autre chose.

— Jérôme, c'est une perte de temps… Tu ne sais pas le bonheur qui t'attend là-haut.

— Maman, je le saurai en temps et lieu.

— Jérôme, je suis venue te chercher, je ne te laisserai pas.

— Attends, maman, que j'aie fini de manger ce hareng.

La mère s'est assise et le frère Jérôme a continué à manger calmement son hareng.

L'INTERPRÉTATION DE DA

Ce n'était pas sa mère. C'était bien la déesse Erzulie qui a pris les traits de la mère de Jérôme. Elle veut être la maîtresse de Jérôme et, quand la déesse Erzulie jette son dévolu sur un homme, rien ne saurait l'arrêter. Un jour, Jérôme sera à elle. Aucun homme ne peut résister à Erzulie.

LE RÊVE D'AUGEREAU

Augereau a rêvé qu'un chien l'a mordu.

L'INTERPRÉTATION DE DA

Il y a de fortes chances qu'Augereau soit mordu par Marquis durant la semaine.

LE SOMMEIL

Da est rentrée avec sa chaise. J'ai placé le petit banc contre le mur. Da a ensuite fermé la grande porte. Elle a éteint en passant la lampe du salon. Je me suis déshabillé et me suis mis au lit tout de suite après. Je me couche toujours en chien de fusil avec un oreiller contre ma poitrine. Da s'est déshabillée aussi. Je vois bien son dos avec ses grandes taches de vin. Da s'est couchée, mais je sais qu'elle attend que je dorme pour se laisser aller. Da s'endort toujours après moi et se réveille avant moi. Je ne l'ai jamais vue en train de dormir. Je sens le sommeil partir de la pointe de mes orteils pour grimper le long de ma colonne vertébrale et venir se nicher, tout chaud, contre ma nuque.

TROISIÈME PARTIE

CHAPITRE XV

Les filles

DIDI

J'étais avec Frantz quand j'ai rencontré Didi près du terrain de football. Le grand terrain où je vais voir jouer Camelo, le dimanche. Frantz a salué Didi. Moi, je ne l'ai pas saluée parce que c'est ma cousine. Elle habite près du marché. J'avais déjà vu Didi, cet après-midi, à la récréation. Elle va chez les sœurs de la Sagesse. Juste en face de mon école. On se voit, chaque jour, à la récréation ou après l'école. Des fois, Da me donne une orange ou une mangue pour Didi. Alors, je vais près de la barrière, celle qui donne sur la rue La-Justice, et, immédiatement, Didi vient vers moi. Elle est toujours avec une amie. Des fois, c'est Vava. D'autres fois, c'est Sylphise ou Zina.

L'AMOUR

Didi est amoureuse de Frantz. Je le sais parce qu'elle ne le regarde jamais. Elle fait comme s'il n'existait pas.

Vava fait la même chose avec moi, mais c'est pas pour la même raison.

L'ATTENTE

Didi veut que je reste. Elle attend ses amies. Frantz et moi, on doit aller jusqu'à la Hatte chercher un livre de géographie que Frantz a prêté à Rico. Je ne suis pas chaud pour partir. Je sais que Vava va venir. Je fais le clown pour passer le temps. Frantz me tire par la manche. Vava tarde.

LA POUSSIÈRE

J'essayais d'enlever une poussière dans l'œil gauche de Frantz quand j'ai entendu la voix de Vava dans mon dos.

— Qu'est-ce qu'il a ?

Immédiatement, Zina a sauté sur Frantz pour lui arracher presque l'œil. Frantz a reculé devant cette furie.

— Laisse-moi faire, a dit Vava.

Elle a placé Frantz de profil et lui a soufflé dans l'œil, si près que je pensais qu'elle l'avait embrassé. Frantz s'est frotté les yeux. La poussière était partie.

Sylphise a voulu savoir où on allait.

— Si vous allez à la Petite Guinée, dit-elle, je vais par là, moi aussi.

— Non, nous allons dans la direction opposée.

Sylphise m'a jeté un regard noir. Elle aussi est amoureuse de Frantz.

REMORDS

Marquis est venu, la queue frétillante, se mettre entre mes jambes. Je lui ai donné un coup de pied dans les côtes. Il est parti en chialant. J'ai une légère pointe de remords. Je ne comprends pas pourquoi j'ai un chien si laid. Personne ne le prend jamais dans ses bras. À part moi.

Chapitre XVI

La grand-mère

La maison de Rico

On a grimpé, Frantz et moi, la pente raide de la Hatte. Il y a plein de maisons luxueuses des deux côtés de la rue. Rico habite un peu plus haut, presque au pied du morne Tapion. Une maison toute seule, un peu après la grande maison blanche du pasteur américain. La maison de Rico est cachée par des manguiers courts et touffus. La source se trouve à quelques mètres de la maison. Il y a des gens qui viennent de très loin, même de Miragoâne, pour cette eau. Des gens riches comme les Devieux, les Bombace, les Reyer, le pasteur Jones. Le notaire Loné de la rue Desvignes ne boit que l'eau de cette source. La mère de Rico vend l'eau de source dans de grosses calebasses.

LA GRAND-MÈRE

Rico habite avec son frère Ricardi, sa mère et sa grand-mère aveugle. Sa grand-mère sent tout, entend tout et sait tout. Rico nous fait signe de ne pas faire de bruit, de vraiment marcher sur la pointe des pieds.

— Qui est là? demande la grand-mère d'une voix forte.

Rico me fait signe de ne pas répondre.

— C'est toi, Frantz, entre donc.

Frantz entre. Je reste à la porte.

— Et toi, pourquoi tu n'entres pas. On ne va pas te manger. Comment va ta grand-mère?

— Bien merci, dis-je, tout étonné qu'elle m'ait reconnu avant même que j'ouvre la bouche. Et dire que je ne viens pas souvent ici.

Rico sourit. Il savait que sa grand-mère allait nous reconnaître. Rico dit toujours qu'elle voit mieux que ceux qui ont des yeux. J'ai rapporté ça à Da et elle m'a expliqué que c'est parce qu'elle est aveugle de naissance.

— Viens... Approche-toi, me dit-elle, d'une voix légèrement plus douce que tout à l'heure.

Je ne m'approche pas trop près d'elle.

— Tu sais que j'ai été à l'école avec ta grand-mère. Nous étions de bonnes amies dans le temps. Elle était vraiment folle d'Odilon. Qu'est-il devenu, celui-là?

— Il vend du foin à Oginé.

Elle resta un moment silencieuse.

— Odilon, dit-elle, Odilon Lauredan vend du foin... On aura tout vu...

Je regarde ses ongles sales et ses grands yeux dans le noir.

— Ne me regarde pas comme ça, dit-elle de sa voix forte qui me paralyse, n'était-ce moi, tu ne serais pas ici...

— Comment ça ? demande Rico à ma place.

Elle prend un temps comme pour rassembler ses forces.

— J'ai accouché ta grand-mère... Le mari n'était même pas là. C'est Timise et moi qui avons aidé cette malheureuse à accoucher. C'était son premier enfant. Ta mère, je crois. Au fait, qu'est-ce qu'il est devenu, ce tyran ? Il a fait tellement de tort à cette pauvre femme. J'espère qu'il est mort. Est-ce qu'il est mort ?

— Oui.

— Paix à son âme... Et puis bon débarras.

— Grand-mère, dit Rico, tu parles de son grand-père.

— Je sais et je ne lui dois rien à ce salaud. Je ne lui ai jamais cédé et j'étais bien la seule du groupe. J'espère que Da sait cela... D'ailleurs, il ne s'est jamais caché, le vieux grigou... Ce qu'il avait la main leste, toujours sur une fesse... Tout ça c'est du passé... N'empêche qu'il a fait beaucoup de tort à cette femme... Maintenant, tout le monde est mort. Les hommes, je les connais bien : un moment, ils ont huit ans et l'instant d'après, ils sont morts... Moi aussi, j'ai aimé Odilon... Est-ce qu'on t'a raconté son histoire ?...

— Oui.

— Qui ?

— Da.

— Elle a dû arranger ça à sa manière... Je vais te la raconter, moi, la véritable histoire d'Odilon Lauredan, roi des cœurs...

La grand-mère de Rico parlait encore quand on a quitté la maison. Toujours assise à la même place, dans ce coin sombre. On ne voyait jamais son visage. Sauf ses grands yeux.

Chapitre XVII

Le voleur de poules

Les poules

On a sauté le mur et on est tombés dans la cour de Francillon. Derrière le vieux lycée en ruine. Frantz prête l'oreille. Pas un bruit. Francillon est assis en avant, sur la galerie, avec sa femme. Frantz me demande d'aller le distraire pendant qu'il va essayer d'attraper une poule.

— Qu'est-ce que tu as à boiter comme ça ? me demande Francillon.

— Un clou. J'ai marché sur un clou.

— Viens, on va te désinfecter ça.

— Oh ! ça va, merci... Je vais rentrer chez moi...

Francillon descend de sa galerie. Il s'avance vers moi. La barrière est fermée. Je recule timidement.

— Viens... On va arranger ça, je te dis...

Je me retourne pour filer. Francillon m'attrape par le bras. Ses mains sont dures comme un étau.

— Tiens-le, Solange, je vais m'occuper de l'autre dans la cour... Bande de chenapans, sachez qu'on ne me fait pas le même coup deux fois.

Il a hurlé tellement fort que Frantz l'a entendu et a eu le temps de filer. Je me suis dégagé de sa femme en lui donnant un coup de pied dans le tibia. Frantz et moi, on s'est retrouvés à la rue Dessalines, tout près de la boulangerie.

LA LEÇON DE GÉO

La leçon de géographie de demain porte sur les massifs montagneux du département de l'Ouest. Da me fait répéter sans arrêt les noms des montagnes : le morne l'Hôpital, le morne des Enfants perdus et les Montagnes noires.

— Pourquoi on l'appelle le morne des Enfants perdus ? Est-ce qu'il y a eu des enfants qui se sont perdus là-bas, Da ?

— Je ne sais pas… Demande à ton professeur.

— Non, il va dire encore que je dormais quand on expliquait la leçon.

— Peut-être que tu dormais.

— Non, Da, c'est lui qui dort tout le temps. Il arrive dans la classe et il demande de commencer immédiatement à réciter la leçon. On se met debout pour réciter l'un après l'autre que déjà on l'entend ronfler.

Da fronce les sourcils.

— Et qu'est-ce que vous faites dans ce cas-là ?

— On essaie de réciter en faisant très attention parce que si jamais on saute un mot dans la leçon, il se réveille et se met à hurler comme s'il était en train de faire un cauchemar.

LA LEÇON D'HISTOIRE

Ma leçon d'histoire porte sur la bataille de Vertières. La dernière bataille que l'armée indigène livra contre les Français. Le général Capoix-la-mort s'avance à la tête de la vingt-quatrième demi-brigade quand un boulet lui arrache son chapeau. « En avant, en avant... » crie Capoix. Un second boulet lui fauche son cheval. « En avant, en avant... » crie-t-il de nouveau. Devant tant de bravoure, le général français Rochambeau fait cesser la bataille. Il envoie un détachement d'officiers présenter les honneurs à l'officier indigène qui vient de se couvrir de tant de gloire.

LE BALAI

J'ai trouvé un vieux chapeau dans la chambre de mon grand-père et c'est en chevauchant un balai neuf que je récite la leçon pour Da.

— En avant, en avant... je crie à tue-tête.

Da aime beaucoup cette leçon. Elle me demande de la lui répéter souvent. Alors, je remets mon chapeau et je chevauche de nouveau mon beau balai.

— En avant, en avant...

Da sourit.

L'ACCUSATION

Je reprenais une dixième fois la leçon d'histoire quand j'ai vu Francillon remonter la rue, son chapeau de paille à la main. Capoix-la-mort se relevait sous les boulets ennemis pour la deuxième fois quand Francillon grimpait déjà le perron de la galerie.

— Da, je viens vous dire qu'il faut surveiller votre garçon.

— Qu'est-ce qu'il y a, Francillon ?

— Eh bien, Da, il a essayé avec un autre de me voler une poule.

— Lui ! Tu es sûr d'avoir bien vu, Francillon ?

— J'ai bien vu, Da.

— Regarde-le bien, Francillon, il a passé l'après-midi ici, à étudier ses leçons.

Francillon se tourne vers moi pour la première fois. Il me fouille de ses yeux chassieux. Je regarde le ciel. Il y a un joli cerf-volant rose au-dessus du réservoir d'eau de la ville. Après un bon moment, Francillon se tourne vers Da.

— Tu n'as pas l'air très sûr, Francillon...

Francillon passe sa main dans ses cheveux.

— C'est que, Da, ils se ressemblent tous...

— Tu n'es pas venu interrompre la récitation de mon fils pour me dire qu'il ressemble à un voleur de poules.

Francillon commence à battre en retraite.

— Da, ce n'est qu'une poule, tous les enfants font ça pour s'amuser... Je ne les traîne jamais au tribunal, ni aux casernes...

— Francillon, comment veux-tu que je le punisse si tu ne te souviens de rien... Peut-être que tu le confonds avec un autre...

— Je dois vous laisser, Da. Je crois qu'il faut absolument que je parle à Passilus ce soir, et, en ce moment, je le vois en train de prendre sa bicyclette pour partir.

— Tu ne prends pas une tasse de café ?

— Une autre fois, Da.

Francillon parti, Da se tourne vers moi :

— Toi, rentre m'attendre à l'intérieur... Tu m'expliqueras ce que tu as été faire dans le poulailler de Francillon.

Chapitre XVIII

Le match

L'AIGLE

Camelo est passé sur la galerie de Naréus avec une simple serviette autour des hanches. Il va se baigner dans le grand bassin d'eau, derrière la maison de Gisèle. Je le suis parce que je dois lui savonner le dos. Camelo est mon joueur préféré. C'est mon idole. Il est le gardien de but de mon équipe, l'Aigle noir. C'est lui, l'Aigle. Il attrape n'importe quel tir au vol. Des fois, j'ai vraiment l'impression qu'il a des ailes. J'ai rendez-vous avec Frantz et Rico sur le terrain vers trois heures de l'après-midi.

LE SAVON

Gisèle est arrivée dans mon dos et m'a enlevé le savon des mains.

— Tu peux partir... Je m'en occupe, dit-elle.

J'ai fait semblant de partir. Après avoir contourné la maison, j'ai grimpé sur le toit de la tonnelle de Naréus. De là, on peut tout voir.

LA BELLE INFIRMIÈRE

Gisèle n'est pas mariée. Elle a pourtant un enfant. Une fille laide qui va à l'école nationale de filles, près de la rue Dessalines. Fifi est maigre comme un fil de fer et a des broches aux dents. Selon Naréus, Gisèle est une femme libre. Comme toutes les infirmières, a ajouté Willy Bony, l'ami d'Augereau. Je frotte le dos de Camelo mieux qu'elle. Gisèle passe sa main très doucement avec le savon. Camelo ferme les yeux même quand il n'y a pas de mousse sur son visage. On voit qu'il n'aime pas la façon de Gisèle. Gisèle n'arrête pas de chanter en lui savonnant la tête. Je sais que Camelo n'aime pas ça. Son visage fait des grimaces quand les ongles rouges de Gisèle s'enfoncent dans ses cheveux. Camelo la tire vers lui dans le bassin d'eau. Elle hurle sans qu'on entende un son. Elle ouvre la bouche toute grande comme un poisson. Sa robe verte flotte sur l'eau. Elle se plaque contre Camelo. Ils restent longtemps comme ça jusqu'à ce que Camelo se mette à trembler, lui aussi.

LE BILLET

Frantz et Rico m'attendaient devant l'entrée du terrain de football. Frantz pense qu'on pourra passer sans payer. On se présente, les trois ensemble, et on essaie d'étourdir le portier en parlant tous ensemble. Le père Magloire garde l'entrée du terrain comme ça depuis près de trente ans. Il est un peu dur d'oreille.

— Père Magloire, quelles équipes jouent aujourd'hui ? lui demande Frantz.

— Quoi ? Qu'est-ce que tu dis ?

Le père Magloire n'a pas le temps de répondre.

— Le match est-il déjà commencé, père Magloire ?

Il se tourne vers Rico tout en mettant sa main en cornet.

— Le match, père Magloire.

— Quel match ? demande-t-il en hurlant.

— Le match d'aujourd'hui.

— Qu'est-ce que tu veux savoir ? continue le père Magloire sur le même ton.

Avant que Rico ne lui pose la question, j'interviens :

— Camelo est-il déjà arrivé, père Magloire ?

Trois personnes attendaient depuis un certain temps pour acheter leur billet. Elles commencent à s'impatienter. Le père Magloire veut absolument répondre à nos questions. Les gens veulent payer pour pouvoir entrer tout de suite, car ça fait plus de dix minutes que le match est commencé. Frantz et Rico profitent de la confusion pour passer discrètement derrière le père Magloire.

LE BILLET PERDU

J'attends devant l'entrée. De temps en temps, le père Magloire me regarde de ses yeux perçants. Comme s'il se rappelait quelque chose. Le père Magloire n'est pas seulement dur d'oreille, sa mémoire a des trous. Camelo dit qu'il a été, dans son temps, le meilleur footballeur que Petit-Goâve ait jamais eu. C'est lui qui avait marqué le but victorieux lors du match historique contre Miragoâne, il y a plus de quarante ans. Le père Magloire me regarde sans vraiment me voir. Heureusement, Frantz arrive. Il demande un billet au père Magloire pour sortir. Il lui dit qu'il revient tout de suite. Frantz sort et me remet le billet. Je mets un chapeau et j'entre. Le père Magloire n'y a vu que du feu. Deux minutes plus tard, Frantz se présente devant le père Magloire qui lui réclame son billet d'entrée.

— Je viens juste de sortir, père Magloire... J'ai perdu mon billet tout près d'ici...

— Si t'as pas de billet, je ne peux rien pour toi, mon fils.

— Regarde-moi bien, père Magloire, c'est moi qui viens de sortir, il y a une minute.

Frantz fait semblant de fouiller de nouveau dans ses poches.

— Tu peux entrer.

LE MAILLOT JAUNE

On court tout de suite vers la foule. Tout le monde est debout autour du terrain. L'Aigle noir porte le maillot jaune. On arrive tout près du terrain quand un cri puissant nous jette par terre. Un but des Tigres, l'équipe adverse, celle de la Hatte. Rico se roule par terre de joie. Frantz et moi, on a mal au cœur. C'est un but de Semephen, le terrible avant-centre des Tigres. Celui qu'on appelle le Tigre. Le Tigre vient de déjouer l'Aigle. J'arrive à me frayer un chemin dans cette forêt de jambes. Je vois le visage ensanglanté de Camelo. Les gens hurlent. Encore

Semephen qui descend sur la ligne gauche, il dribble Occlève, se lance au milieu du terrain vers Killick, le fameux arrière-central de l'Aigle noir. Le grand Killick, solide comme un roc. Semephen face à Killick. On entend le souffle de la foule. Semephen fait une feinte sur la droite et, finalement, déséquilibre Killick en se lançant vers la gauche. Semephen file, libre, vers les buts de Camelo. Le cœur de la foule s'arrête de battre. Semephen lève le pied gauche pour tirer à dix mètres des buts. D'un bond fou, l'Aigle plonge dans les pieds du Tigre et lui arrache le ballon. Une feuille jaune virevolte dans l'air. Le match s'est terminé par un but à zéro en faveur des Tigres, mais c'est l'arrêt de Camelo qui reste dans la tête des gens. Même Saint-Vil Mayard, le coiffeur de la rue Lamarre, en parle.

— En trente ans, je n'ai jamais rien vu de tel, Loné. Il a volé, en plein jour, comme un aigle... C'est vraiment le fils de Duvivier, un démon pur.

— Je dirais que Camelo, lui répond le notaire Loné, est un gardien de but très agile qui s'est bien entraîné pour ce match capital. L'Aigle a perdu, mais c'est Camelo le héros du jour.

Le héros

Camelo est passé près de moi sans me voir avec à ses bras la belle Gisèle qui m'a jeté un regard par-dessus son épaule. Si l'équipe a perdu, aujourd'hui, je suis sûr que c'est à cause de ce qui s'est passé dans le bassin, cet après-midi. Je suis seul à le savoir.

LE BOUTON

Frantz a cassé la gueule d'un type de l'école nationale de garçons qui manifestait sa joie trop ouvertement. Comme il était accompagné d'un ami, j'ai dû me battre aussi. On a roulé sur l'herbe. On s'est relevés, un moment après, pour s'apercevoir que Frantz avait perdu un bouton de sa chemise. On a cherché pendant dix minutes. Finalement, le type a retrouvé le bouton qui était resté collé à mes cheveux.

LE PETIT MUR

Da m'avait donné de l'argent pour acheter mon billet d'entrée. Cet argent, je l'ai encore. D'ailleurs, je ne paie jamais pour un match de l'Aigle. Je n'ai qu'à m'asseoir sur le petit mur près de l'entrée et attendre Camelo. Dès qu'il arrive, je cours lui prendre ses chaussures de sport qu'il ne porte jamais avant le match. Je passe les chaussures autour de mon cou en attachant les lacets ensemble. Et je rentre derrière lui comme si j'étais un joueur aussi ou son remplaçant. Au moment de passer devant le père Magloire, Camelo me tient toujours par l'épaule. Comme ça, on rentre ensemble. Aujourd'hui, Camelo est arrivé avec Gisèle qu'il tenait par le cou.

LES CAILLOUX

Après le match, Frantz et moi, on est descendus jusqu'au marché. Rico nous a quittés près de l'hôpital. Il ne veut pas rentrer chez lui dans l'obscurité. Frantz et moi, on a flâné tranquillement dans le marché du soir. Les marchandes ont commencé à allumer les lampions. Frantz m'a emmené près de la mer, pas loin des comptoirs des marchandes de poisson. Cette odeur me donne la nausée. Frantz a lancé quelques cailloux dans l'eau, qui ont sautillé comme des poissons ailés. Je suis allé vomir sur la plage.

QUATRIÈME PARTIE

Chapitre XIX

La mer

La première fois

Je ne me souviens pas de la première fois où j'ai vu la mer. Peut-être une dizaine de jours après ma naissance. Sûrement, le premier jour où je suis sorti sur la galerie dans les bras de ma mère. Ma mère adorait la mer. Et, de notre galerie, on peut la voir.

Bleu

Da m'a toujours dit que si le ciel est bleu, c'est à cause de la mer. J'ai longtemps confondu le ciel avec la mer. La mer a des poissons. Le ciel, des étoiles. Quand il pleut, c'est la preuve que le ciel est liquide.

Encre

Da m'a raconté l'histoire d'Adrien, un homme de la Deuxième Plaine. Il est arrivé en ville, un midi. Il a vu la mer pour la première fois. Adrien a traversé tout le marché pour la voir de près. Il est entré tout habillé dans l'eau et en est ressorti tout mouillé. Il était déçu. Adrien croyait que c'était de l'encre.

LE PORT

C'est mon grand-père qui m'a amené dans le port pour la première fois. C'est là que j'ai vu la mer de près. Willy Bony travaillait à la douane. Il a demandé à mon grand-père si c'était vraiment la première fois que je venais ici. Comme mon grand-père a dit oui, il m'a alors enlevé mes chaussures et m'a traîné vers la jetée. Mon grand-père a demandé à Willy Bony de me ramener après chez Bombace. C'est là qu'il passera la journée.

LE GROS ORTEIL

C'est par le gros orteil gauche que j'ai connu la mer. Je m'étais assis sur l'extrême bord de la jetée. Je n'arrivais pas, malgré tous mes efforts, à atteindre l'eau. Willy Bony m'a pris alors par le bras et m'a fait glisser doucement dans la mer.

CHAPITRE XX

Midi

AGOUÉ

Une petite embarcation passe devant nous, avec à bord une dizaine de personnes. Certaines ont leur mouchoir sur la tête pour se protéger du soleil. Elles vont à la Gonave chercher du sel et de l'acajou.

— Il faut revenir avant cinq heures, leur crie Willy Bony.

— On sera là, directeur.

— On attend un bateau, aujourd'hui, vous le savez...

— Oui, directeur, *Le Hollandais*.

— Bon vent !

— Merci, directeur.

Et ils se mettent à chanter :

« Sou lanmè mouin rélé Agoué
Nan Zilé mal rélé Agoué... »

LE NOYÉ

Da a peur de la mer. Un de ses frères est mort noyé sous ses yeux. Il était sur le bateau qui revenait de Jérémie. Il est mort sur le port. Da était venue l'accueillir. Le bateau arrivait. Et toute la ville l'a vu couler comme une pierre. Firmin, le jeune frère de Da, ne savait pas nager. Da a crié aux gens qui allaient chercher les naufragés que Firmin ne savait pas nager. Fedor, le père de Semephen, a dit qu'il fallait toujours sauver les femmes et les enfants d'abord. L'embarcation est revenue sans Firmin. Fedor a rapporté les dernières paroles de Firmin : « Dis à Da de découvrir le chaudron si elle ne veut pas que la soupe se gâte. »

MIDI

Le soleil est au zénith. On ne voit pas son ombre sous l'eau. Willy Bony marche avec moi sur le port. Je vois mon ombre juste sous mes pieds.

— Que font les poissons à midi ?

— C'est l'heure de manger.

— Pour les poissons aussi ?

— Pour tout le monde.

— Et qu'est-ce qu'ils mangent ?

— Du poisson, me dit Willy Bony.

— Mais on n'est pas vendredi.

Willy Bony se met à rire sans s'arrêter.

LE BUREAU

Willy Bony m'a installé sur le bureau qu'il occupait quand il était sous-directeur. C'est le bureau de Lejeune maintenant. Il était tout à l'heure dans l'embarcation qui allait à la Gonave. Willy Bony m'a demandé de l'attendre. Il n'en a que pour cinq minutes. Entre-temps, je fais une petite inspection. Un grand buvard près d'un encrier à encre violette. Il y a d'autres encriers bien fermés un peu partout sur le bureau. Dans le coin gauche : un cahier ouvert avec de fines lignes bleues et rouges. Lejeune a une belle écriture. Il est bon surtout dans les chiffres. Chaque page est divisée en deux parties. La rubrique : Arrivée. Et la rubrique : Départ. Et deux colonnes de chiffres sous chaque rubrique. Chaque page est signée par Willy Bony, directeur de la douane de Petit-Goâve et André Lejeune, sous-directeur.

LE REPAS

Willy Bony est entré dans la pièce, suivi d'une vieille femme, plus vieille que Da, plus vieille encore que Cornélia. Le visage le plus ridé que j'aie jamais vu. Elle portait le plateau de nourriture. Willy Bony lui a pris les assiettes des mains au dernier moment. Il a posé une belle assiette devant moi. Un beau poisson capitaine avec une longue banane, avec, à côté, un peu de riz blanc arrosé d'une sauce aux oignons. J'ai tout mangé en regardant la mer.

LA SIESTE

Juste après son café, Willy Bony est tombé endormi comme une souche. La tête contre son bureau.

— Je fais un petit cabicha, il a dit.

Je ne sais combien de temps nous avons dormi. C'est le bruit des hommes qui revenaient de la Gonave qui nous a réveillés.

LE BATEAU

Les hommes étaient prêts quand le bateau *Le Hollandais* a débouché dans la baie. Willy Bony m'a demandé de l'accompagner sur le bateau. J'étais assis dans l'embarcation qui nous conduisait au bateau à côté de Grégoire, le père de Zina. Il m'a fait mettre ma main dans l'eau. La paume ouverte. Je me disais tout le temps que les poissons allaient sûrement me manger la main, parce qu'ils devaient savoir que je venais de manger du poisson.

Au retour, mon grand-père m'attendait dans le bureau de Willy Bony.

Chapitre XXI

Les théorèmes

Théorème I

Saint-Vil Mayard, le coiffeur de la rue Lamarre, était en train de couper les cheveux de Willy Bony, l'ami de Augereau, quand il énonça son premier théorème : « Tout corps plongé dans l'eau en ressort mouillé. »

Le notaire Loné, qui attendait son tour, s'est levé pour saluer l'effort.

— Ah, là, Saint-Vil, tu nous as tous eus. Il n'y a rien à redire.

Théorème II

Une semaine plus tard.

Le notaire Loné était, cette fois-ci, seul dans le salon de coiffure de Saint-Vil Mayard. Passilus faisait semblant de lire un journal sur la galerie, en attendant son tour. Malgré tout ce qu'il dira plus tard, Passilus n'avait rien entendu.

Saint-Vil Mayard, visiblement stimulé par son premier succès, déclara sur un ton péremptoire :

— Tout corps plongé dans l'eau, s'il ne remonte pas après deux heures, doit être considéré comme perdu.

— Pourquoi "deux heures"?

— Parce que…

— Pourquoi pas un délai plus raisonnable ?

— C'est deux heures.

— Il me semble…

— On ne discute pas un théorème, Loné.

THÉORÈME III

Le jour suivant pourtant.

Saint-Vil Mayard a voulu rapidement rectifier le second théorème afin d'éviter un trop grand nombre d'interprétations erronées.

Il affirme, cette fois définitivement : « Tout corps plongé dans l'eau en présence d'un requin, s'il ne remonte pas après deux heures, doit être considéré comme perdu. »

Enfin, l'unanimité s'est faite autour de la question. C'est Augereau, l'ami de Willy Bony, qui prend la parole :

— Écoutez, dit Augereau, il est fort possible que Saint-Vil Mayard soit l'Archimède de Petit-Goâve, mais je doute qu'Archimède puisse être vu, un jour, comme étant le Saint-Vil Mayard d'Athènes.

Après un moment de silence accordé à l'assistance pour digérer la réflexion, le notaire Loné réclame le dernier mot.

— C'est juste, Augereau, mais admettez avec moi que la comparaison est quand même flatteuse.

Le groupe applaudit Saint-Vil Mayard, comme un seul homme, pour l'originalité et l'audace de ses réflexions.

Chapitre XXII

Les amis

Le facteur

Passilus reçoit, chaque mardi, le journal de Port-au-Prince. C'est Lupcius, le frère d'Occlève, qui le lui apporte. C'est normal, il est le facteur. Da dit que Lupcius ne peut pas faire un tel travail. Il est trop rancunier. Lorsqu'il se fâche avec quelqu'un, pour le punir, il ne lui livre pas son courrier pendant tout un mois. Une fois, Zette n'a pas reçu son courrier pendant trois mois, à cause de son chien. Zette a un tout petit chien qui ne jappe après personne. Il est toujours couché sur la galerie. Lupcius prétend qu'il a peur du chien. Et même quand Zette s'est débarrassée du chien, Lupcius a préféré remettre le courrier de Zette à Mozart. Il dit que le chien peut revenir à tout moment et qu'un chien n'oublie jamais sa maison. C'est vrai, parce que Marquis a retrouvé mon lit après plusieurs mois d'absence.

LE JOURNAL

C'est moi qui lis le journal pour Passilus, le mardi après-midi. Ça tombe bien puisqu'on n'a pas de devoirs pour le mercredi. Le mercredi, on passe la moitié de la journée à arracher les mauvaises herbes dans la cour de l'école. Le mardi, je peux donc lire le journal pour Passilus. Il ne sait pas lire. Quand ses amis viennent le voir, le soir, il fait semblant d'avoir lu lui-même le journal. Passilus me donne vingt centimes pour les nouvelles, vingt-cinq centimes pour les longs dossiers de la page 4 (sur l'électricité, la pénurie d'eau dans le département du Nord-Ouest, la malnutrition dans les bidonvilles de Port-au-Prince et la campagne contre le vaudou menée par l'Église catholique, etc.), et cinq centimes de plus si je lis aussi les réclames.

LES AMIS

Même le notaire Loné passe quelquefois chez Passilus. Il y a toujours une demi-douzaine de chaises sur la galerie. Mon grand-père y allait aussi. Ils discutent de politique, me dit Da. D'ailleurs, chaque fois qu'il se passe quelque chose de trouble à Port-au-Prince, la police vient arrêter Passilus et ses amis. Cette rafle se fait toujours de nuit. Le lendemain matin, il n'y a plus d'hommes dans la ville.

Un ciel rose

Passilus habite un peu avant la croix du Jubilée. D'ici, je vois très bien tout ce qui se passe sur sa galerie. Da me demande parfois si je vois mon grand-père.

— Oui, Da.

— Il est avec qui ?

— Il est assis avec le commissaire du gouvernement, Willy Bony, le facteur Lupcius, Cephas, Augereau et Saint-Vil Mayard.

— Et qu'est-ce qu'ils font ?

— Passilus est en train de parler et une dame sert du café à tout le monde.

— Qu'est-ce qu'il fait ton grand-père ?

— Il se gratte le derrière de la tête.

— Alors, il va rentrer.

Le notaire Loné reste toujours debout dans la rue, comme s'il allait partir d'une minute à l'autre. C'est toujours lui, pourtant, qui part le dernier.

C'est la fin de l'après-midi et le début du soir. La couleur du ciel est rose. L'air sent le fumier.

Le voyage

Un midi, Saint-Vil Mayard réunit toute la ville sur le port pour une démonstration de son théorème. D'après Saint-Vil Mayard, le gros Labarre devrait flotter malgré ses trois cents livres. Une petite embarcation est venue prendre le jury composé de Augereau, de Passilus, du notaire Loné et de l'infirmière Gisèle (la maîtresse de Camelo), sans compter

Jérôme et Willy Bony. Le groupe est parti à l'Îlet, juste en face du port. Le canot est revenu, une heure plus tard, prendre Fedor, Cephas, le gros Labarre et Saint-Vil Mayard. Quelques autres personnes ont pris place à bord pour faire le plein et empêcher que la charge soit plus lourde sur un côté de l'embarcation. Légype (le grand nageur) s'y est rendu, lui, à la nage.

LE RETOUR

La nuit était déjà tombée quand l'embarcation arriva au port. L'obscurité complète. Tout le monde paraissait mouillé jusqu'aux os.

Échec sur toute la ligne.

— Il ne faut jamais mettre une théorie en pratique, dit simplement le notaire Loné.

Chapitre XXIII

Chien de mer

Un chien blanc

Légype a perdu son avant-bras gauche, qui fut arraché par un chien de mer. Un animal marin avec un corps de chien (quatre pattes et une queue) et une tête de requin. Love Léger a vu la bête, une fois, alors qu'il pêchait en face du vieux fort qui date de l'époque indienne. Love Léger est la seule personne à Petit-Goâve à posséder un scaphandre. C'est le capitaine du *Hollandais* qui lui en avait fait cadeau alors qu'il était directeur de la douane avant Willy Bony. Il a l'habitude d'aller pêcher dans ce coin dangereux. Il était près des grands fonds quand il a entendu japper. Il s'est retourné pour voir venir un chien dans sa direction. Un chien blanc. Pendant quelques secondes, il a cru qu'il était sur terre et que c'était le chien de Gédéon. Quand il s'est approché vraiment de lui en agitant ses pattes comme des nageoires, il a pu voir la gueule de requin. Une gueule bien ouverte. Love Léger est remonté rapidement à la surface et a pu quitter la mer en passant par les rochers escarpés du vieux fort.

LE BRAS GAUCHE

Légype n'a pas eu la chance de Love Léger. Quand il a entendu japper, le chien était trop près de lui. Il a fait un mouvement avec le bras gauche pour remonter, mais le chien l'avait déjà accroché. Il n'a rien ressenti, est remonté tout de suite à la surface et a pu s'enfuir à l'aide de son bras et demi. Le docteur Cayemitte a dû l'opérer immédiatement pour éviter la gangrène. Depuis lors, Légype recherche le chien de mer pour le tuer. Il porte toujours sur lui un petit couteau.

LA VERSION DE ZETTE

Zette a raconté à Da que ce chien est arrivé de Hollande, en suivant un bateau jusqu'à Port-au-Prince. De Port-au-Prince, il a changé pour suivre *La Sirène*, le vieux bateau de Dinasse, jusqu'à Petit-Goâve.

— Pourquoi Petit-Goâve, Zette ? a demandé, avec son ironie coutumière, le notaire Loné.

— Qu'est-ce que j'en sais ! De toute façon, personne ne peut nier qu'il est dans nos murs. Et il est là pour y rester, semble-t-il...

— On ne sait toujours pas pourquoi Petit-Goâve, insiste le notaire Loné.

— Parce qu'en Hollande, les chiens de mer savent bien que le notaire Loné habite à Petit-Goâve.

— Voilà, c'est toujours comme ça avec les Haïtiens. Aucune analyse, aucun débat n'est possible. Ils prennent toujours tout personnellement.

— C'est normal que je le prenne personnellement. C'est à moi que vous parliez, que je sache, Loné.

Le notaire s'est mis à rire de son rire de gorge.

— Mais je parlais au chien de mer, moi.

— Ce ne serait pas étonnant d'ailleurs pour quelqu'un qui marche sous la pluie sans se mouiller.

— Toujours ce rapport entre la science et la magie…

— Notaire Loné, vous pouvez employer les grands mots si ça vous chante, tout le monde sait que vous êtes un démon, amateur d'enfants en bas âge. C'est vous qui avez mangé le bébé de Thérèse…

Cette fois, Zette avait un peu dépassé les bornes. Le notaire Loné a remis son chapeau sur sa tête pour partir. Mais comme toujours, il tenait à avoir le dernier mot.

— Parfois, Da, je me demande vraiment ce qui m'a pris de naître dans cette ville arriérée, alors que j'aurais pu naître facilement à Paris, à Vienne, à Athènes ou à Dusseldorf, et même, si toutes ces villes étaient prises, à Lisbonne. Pauvre Lisbonne…

— Pourquoi "Pauvre Lisbonne"?

— Oui, Da, pauvre Lisbonne.

LA VERSION DE WILLY BONY

Cet animal ne vient d'aucun pays étranger. Je peux l'affirmer, c'est moi le directeur de la douane. Parce qu'on n'a pas une immense bâtisse de verre et d'acier, on croit que nous ne faisons pas notre travail. Je tiens à dire, Da, que le chien de mer est d'ici.

Oui, Da, de Petit-Goâve, même. Il n'a pas toujours été chien ni de mer. Peut-être que c'est quelqu'un parmi nous, qui marche dans la rue comme vous et moi, Da, qui parle, oui, qui parle, qui mange de la viande et qui va à la messe le dimanche. Malgré tout ce que l'on dit, je ne crois pas que ce soit Saint-Vil Mayard.

LA VERSION DE LOVE LÉGER

C'est le chien de Gédéon. On n'a qu'à voir les gens que ce chien a attaqués jusqu'à présent. Messidor, le frère de Montilas, Légype, Galbaud, cet homme de la Petite Guinée, Camelo, qui n'a pas été blessé, Borno et moi. Tous ces gens ont eu des démêlés avec Gédéon. Légype l'avait battu exactement sur le port devant tout le monde pour une affaire d'huile de ricin jamais élucidée. Je ne sais pas pour Messidor, mais Montilas avait menacé de le faire fondre dans sa vieille forge parce qu'il venait rôder près de sa fille. Borno l'avait giflé, un samedi soir, chez Germain. Le coq de Borno allait sauter à la gorge du coq dominicain de Gédéon quand celui-ci l'a brutalement retiré du combat. Le sang de Borno n'a fait qu'un tour. Il a pris le coq des mains de Gédéon et lui a tordu le cou. Gédéon s'est fâché. Borno l'a giflé. Gédéon est parti en disant qu'il se vengerait et que s'il ne pouvait pas le faire, quelqu'un le ferait à sa place. Pour Camelo, c'est une affaire de football. Gédéon jouait pour les Lions du Jubilée quand Camelo l'a ridiculisé sur le terrain en présence des autorités civiles, militaires et religieuses de la ville. Il a laissé Gédéon filer vers les buts pour, ensuite, plonger dans ses jambes et lui arracher le ballon à la dernière seconde. Même les partisans de Camelo ont trouvé qu'il était allé trop loin. On ne fait pas ça, même à son pire ennemi. Pour Galbaud, personne ne sait pourquoi il l'a attaqué. Enfin, il y a toujours une raison, si on veut bien prêter l'oreille.

CHAPITRE XXIV

L'auto

DEUX VOITURES

Oginé est passé devant notre galerie et a lancé à Da que la voiture de Galbaud vient d'arriver de Port-au-Prince. La voiture était conduite par un mécanicien du concessionnaire, puisque Galbaud ne sait pas conduire. En comptant la voiture noire de Devieux, cela fait deux voitures à Petit-Goâve.

— Da, on ne peut pas avoir deux voitures dans la ville.

— Dis-moi pourquoi, Oginé ?

— Par exemple, Da, quand une voiture remonte la rue Lamarre et que l'autre est en ville et veut descendre la même rue, qu'est-ce qui se passera ? Elles vont se rentrer dedans, Da.

— Pas forcément, Oginé. Là, tu as plus de cinq chevaux avec toi et pourtant, il n'y a pas ce genre d'accident.

— Mais, Da, une voiture n'est pas un animal. Le cheval connaît son chemin, lui.

— Oui, mais Oginé, la voiture est conduite par un chauffeur qui connaît aussi son chemin.

— Pas Galbaud, Da.

LE NEZ

D'après Zette, il paraît que Galbaud se laisse mener par sa voiture.

— Sa femme l'a toujours mené par le bout du nez aussi, Da.

— Une auto n'est pas une femme, Zette.

— Oui, Da, mais un homme reste toujours un homme.

— C'est vrai, ça.

UNE AUTO VIVANTE

On a vu Galbaud quitter brusquement la route pour entrer dans un champ de canne à sucre.

— C'est normal, dit Passilus, puisque c'est Gédéon qui conduit la voiture.

— Gédéon est mort.

— Et alors, Da.

La vieille Cornélia qui voit ce que les autres ne peuvent pas voir a dit qu'il y a toujours une autre personne assise à côté de Galbaud, mais qu'elle n'arrive pas à savoir qui c'est. Une chose est certaine : Galbaud n'est pas seul dans cette voiture. Sinon, pourquoi la voiture refuse-t-elle de passer près du cimetière ?

LE FOND DE L'EAU

C'est Légype qui a retrouvé Galbaud au fond de la mer. Il était encore au volant de sa voiture. Les yeux grands ouverts. Le chien de mer tournait autour de la Ford.

CINQUIÈME PARTIE

Chapitre XXV

La bicyclette

La sortie

Rico attendait Sylphise à la sortie de l'école, près de la barrière qui donne en face du garage de Doc.

La sœur Noël est sortie sur le balcon et a fait sonner la cloche à toute volée. Un long moment de silence. Et puis brusquement, on entend un grondement.

La voix de la sœur Noël :

— En silence, sinon personne ne sort.

Un autre moment de silence. Le bruit reprend de plus belle. C'est la vraie sortie.

La vieille bécane

Frantz est arrivé en vélo. La bicyclette de son frère Ludner. Une vieille bécane noire, toujours en panne à cause de la chaîne trop lâche. Frantz est constamment en train de la réparer. C'est l'ancienne bicyclette que son père a donnée à Ludner quand il s'est acheté une Robin Hood neuve chez Fabien.

Pour freiner, Frantz est obligé de mettre son pied droit sur la roue avant. De plus, le guidon est tout crochu. On a l'impression que Frantz va tourner à gauche tout le temps. Il n'y a que lui et son frère qui sachent conduire cette ferraille.

Le plus beau

Les filles arrivent, enfin. Zina, ma cousine Didi, Vava et Sylphise. Rico aime Sylphise. J'aime Vava. Et j'ai l'impression que Zina, ma cousine Didi, Sylphise et même Vava sont folles de Frantz. De toute façon, je ne peux pas être jaloux de Frantz parce que si j'étais à leur place, c'est ce que je ferais. C'est Frantz le plus beau, le plus charmant et le plus adroit de nous tous. Il a des yeux qui tuent.

Le guidon

Frantz a inventé une sorte de crochet qu'il a placé sur le guidon de sa bicyclette. Cela lui permet d'installer un livre devant lui. Il peut étudier n'importe où. Souvent, on se réunit près de l'école nationale de garçons, ou, parfois, derrière l'église. Frantz vient nous retrouver toujours avec son livre accroché au guidon de sa vieille bécane. De temps en temps, il jette un coup d'œil sur le chapitre qu'il est en train d'étudier. Parfois, on se met tous autour de lui pour essayer de résoudre un problème d'arithmétique. On fait ça surtout le matin, avant d'entrer en classe, dans la cour de l'école même.

LE PÈRE

Son père — sa mère est morte — ne s'occupe pas de lui. Georges Coutard, le père de Frantz, est toujours fourré chez Germain avec un coq de combat sous le bras. C'est l'ami de Borno. Ces deux-là sont ensemble depuis leur enfance. Si on parle à Borno, dit Da, c'est comme si on avait parlé à Georges. Selon Zette, qui a toujours été amoureuse de lui, Georges Coutard est un homme charmant qui n'était pas fait pour les responsabilités de la vie.

L'HYGIÈNE

La seule chose avec laquelle Georges Coutard ne transige pas, c'est la propreté. S'il trouve Frantz dans la rue, les cheveux décoiffés, il serait capable de le tuer. Dès qu'il le rencontre quelque part, il inspecte ses ongles, son nez, ses dents, ses oreilles, ses aisselles. S'il est content de l'examen, il peut lui donner tout l'argent qu'il a dans ses poches. Si, par contre, les dents de Frantz ne sont pas propres, ses oreilles et ses ongles n'ont pas été nettoyés, alors il le traîne par le cou à travers la ville, en criant qu'il va le jeter à la mer. Et il le fait.

LE CADRE

Zina monte sur le cadre de la bicyclette, devant Frantz qui conduit. Elle n'arrête pas de rire. La bicyclette part en zigzaguant d'abord, pour finalement retrouver son équilibre. Frantz accélère et nous devance de deux coins de rues pour revenir vers le groupe. Frantz dépose Zina par terre et c'est au tour de ma cousine Didi. Toutes les filles montent à tour de rôle. Le tour de Vava arrive. Je sens mon cœur dans ma gorge. Pourquoi je ne suis pas Frantz ?

DOULEUR

Je vois sa nuque filer tout contre la tête de Frantz. J'ai mal au ventre. Une douleur insupportable. Mes mains sont moites. Si Vava ne descend pas de cette bicyclette tout de suite, je crois que je vais perdre connaissance. Un léger vent souffle dans les feuilles. Un cerf-volant vole, insouciant, dans le ciel bleu clair. Mes genoux tremblent. Je n'entends rien. Je ne comprends rien. Je ne vois que la robe jaune de Vava qui touche presque le sol. Vava descend promptement de la bicyclette parce qu'elle vient de voir sa mère sur la galerie de Clara. Heureusement, sa mère ne regardait pas dans notre direction. Vava a filé vers la maison en passant par la cour d'Abraham. Elle s'est retournée au moment de franchir la porte pour nous envoyer un dernier salut de la main. Frantz fait mine de la poursuivre. Le chien de Clara accourt en jappant. Frantz essaie de s'enfuir. Ses pieds sont pris dans la chaîne de sa bicyclette. Vava se met à rire. Tout le monde éclate de rire. Même Frantz à qui le petit chien de Clara a fait perdre les pédales.

Chapitre XXVI

Le café de Zoune

Le rat mort

Je suis entré à la maison en passant par la cour. Frantz et Rico ont poursuivi leur chemin. Je les retrouverai, ce soir, au marché ou près du garage de Doc. Marquis accourt vers moi avec quelque chose dans la gueule qu'il dépose près de mon pied. Un rat mort. Je l'ai touché avec la pointe de mon soulier. Son ventre est mou et doux. J'ai mis tout mon poids sur son ventre. Sa bouche s'est ouverte sur un petit cri.

Les mangues

Da m'avait laissé une demi-douzaine de mangues juteuses que j'ai dévorées dans la cour, près de l'ancienne chambre de Chaël Charles. J'avais enlevé ma chemise pour ne pas la salir. Après, je me suis lavé la bouche et les mains et j'ai été retrouver Da sur la galerie.

LA BOÎTE MÉTALLIQUE

Da m'a envoyé acheter du café chez Zoune.

— Dis à Zoune de ne pas mélanger le café avec de la chicorée.

Je file comme le vent. Marquis, derrière moi. Il a l'air terrible quand il court comme ça en projetant ses reins de côté comme s'il avançait parallèlement. C'est pas Marquis qui va gagner cette course. Zoune habite dans la rue Desvignes, derrière la maison du pasteur Doll. J'ai frappé à sa fenêtre. Elle a ouvert après une bonne minute. Elle s'est essuyé le coin de la bouche du revers de la main. Zoune sent toujours le hareng. D'une voix agonisante, elle me demande :

— Qu'est-ce que tu veux ?

— Du café.

— Qui t'envoie ?

— Da.

Son visage s'éclaire.

— Elle a dit de ne pas mélanger le café avec de la chicorée.

Zoune a acquiescé de la tête. Elle a sorti une grosse boîte métallique, une ancienne boîte de bonbons au caramel, a pris une petite cuillère et a mis cinq cuillerées de café dans un petit sachet brun qu'elle m'a remis avant de refermer la fenêtre.

Marquis vient d'arriver, ventre à terre, la langue pendante. Bon deuxième.

LE GOÛT DU CAFÉ

Da m'a pris le sachet des mains, l'a ouvert et est restée longtemps à respirer le café. Elle m'a regardé et a souri avant d'en prendre une pincée pour la déposer sur sa langue.

Da a fermé les yeux.

Chapitre XXVII

La honte

La colère

Une femme en noir remonte la rue Lamarre en tenant son fils solidement par le bras. C'est la mère d'Auguste.

— Attends qu'on arrive à la maison... Tu vas voir...

— Mais, maman, il ment... Je suis toujours dans la classe.

— Ah bon ! il ment... On va voir ça... Je me sacrifie pour t'envoyer à l'école et on vient me dire qu'on ne t'a pas vu depuis un mois... Je t'ai acheté des livres, cet uniforme, sans compter qu'il faut toujours de l'argent pour ceci, pour cela ; si c'est pas une cotisation pour acheter un globe terrestre, c'est la grande règle de la classe que tu as cassée et qu'il faut que je paie... Et j'apprends comme ça, par hasard, que tu n'as pas été à l'école depuis un mois... On va voir ça... Je vais te tuer... Et puis je me tuerai après...

— Je te dis qu'il ment, maman... C'est parce qu'il ne m'aime pas qu'il a dit ça...

— On va voir qui ne t'aime pas... Le directeur m'a montré le cahier des présences et tu n'étais jamais là... J'avais honte comme je n'ai jamais eu honte de ma vie... J'aurais dû avaler du calomel au lieu de te mettre au monde. Tu es exactement comme ton salaud de père... Ah, Seigneur! dire que j'ai tout sacrifié pour toi, Auguste... Regarde cette robe noire, c'est la même que je porte depuis dix ans, tout ça pour pouvoir te payer l'école et c'est ça que tu m'as fait... Attends qu'on arrive à la maison...

Elle se met à pleurer tout en frappant Auguste à la tête. Auguste trébuche à la hauteur de notre galerie.

— Puisque c'est comme ça... C'est ce chemin que tu as choisi, je n'ai qu'à me tuer et te tuer avant... Ah non! je ne te laisserai pas derrière moi... C'est moi qui t'ai mis au monde... C'est encore moi qui te tuerai... Ah oui!...

Elle regarde le ciel tout en se frappant la poitrine.

— Oh, Seigneur! c'est ma faute, ma faute, ma très grande faute... *Mea culpa, mea culpa, mea maxima culpa*... Oh, Da! j'ai été atteinte dans mes tripes... Vous savez, Da, combien de sacrifices j'ai fait pour ce garçon et, aujourd'hui, j'apprends que depuis un mois, il n'a jamais été à l'école... Chaque jour, il se lève, se lave, s'habille, met son uniforme que je passe la nuit à laver et à repasser parce qu'il n'en a qu'un, déjeune pendant que moi je ne mange rien, un petit vent peut m'emporter, Da, tant je suis faible, mais lui mange comme un goinfre avant de partir pour l'école... Da, dites-moi où il passe ses journées depuis un mois? Dites-le-moi, Da? C'est toute ma vie, Da, qui part en cendres... J'ai mal... J'ai mal, là... Au ventre...

— Germaine, assieds-toi, un moment, sur la galerie... C'est ça, ma fille... Je sais ce que tu ressens...

Da la regarde un long moment.

— Tiens, bois ça... C'est le café de Zoune.

Chapitre XXVIII

La tristesse

Le mauvais chemin

La mère de Sylphise est arrivée à l'improviste de Miragoâne et a surpris Rico sur sa galerie en train de parler avec Sylphise. Elle cachait son visage en sueur sous un grand chapeau de paille. Personne ne l'a vue venir, pas même Frantz parti en éclaireur sur sa bicyclette. Elle a sûrement longé le bord de mer depuis la Petite Guinée. Frantz pensait qu'elle passerait derrière l'église.

Le voyou

La mère de Sylphise traverse la galerie sans regarder personne. Au moment de franchir la porte, elle se retourne pour découvrir Sylphise.

— Qu'est-ce que tu fais là ?
— Rien, maman.
— Tu n'as pas de leçons ?
— C'est vendredi, maman.

— Je le sais que c'est vendredi, et ne me réponds pas comme ça quand je te parle...

— Je viens d'arriver, maman.

— Ah! c'est maintenant que tu arrives... Je n'ai qu'à tourner le dos pour que tu rentres à n'importe quelle heure!

— Mais maman, je répétais avec la chorale...

— La chorale. Toujours la chorale.

— Je vous l'avais dit hier...

— Et qu'est-ce que tu fais avec ce voyou?

— Je ne fais rien, maman.

— Tu sais que je n'aime pas te voir traîner avec tous les voyous de la ville.

— Mais maman...

— Il n'y a pas de "mais maman"... Va m'attendre à l'intérieur...

Elle se tourne finalement vers Rico.

— Quant à toi, descends de ma galerie... Je ne veux plus te voir ici... Tu m'entends, ne remets plus les pieds chez moi, petit voyou...

Rico a descendu très lentement les marches du petit escalier de la galerie. Tête baissée. La mère de Sylphise a attendu qu'il arrive au milieu de la rue pour rentrer. À peine la porte refermée, on entend un terrible cri de Sylphise.

— Non, maman... Non, maman... On ne faisait rien...

— Menteuse.

SOLEIL NOIR

Rico est venu nous trouver. On a marché jusqu'à la mer. Frantz est entré dans l'eau avec sa bicyclette. S'il ne la nettoie pas avec de la vaseline, le sel de la mer détruira ses rayons. On a reconduit Rico jusque chez lui, en longeant le rivage. Aucune brise. La mer ne bougeait pas. Rico n'a pas dit un mot. Frantz a essayé de le faire rire en aboyant comme s'il était le chien de mer. Le soleil était déjà couché. On ne voyait rien devant nous.

Chapitre XXIX

La stratégie

La chaîne

Comme c'est vendredi, Da m'a permis de descendre sur la place. Frantz m'attendait.

— J'ai besoin d'argent pour faire réparer ma chaîne.

— Ton père ?

— Mon père ne sait même pas son nom, aujourd'hui.

C'est ainsi que Frantz parle de son père quand celui-ci est soûl.

— Je n'ai pas d'argent, Frantz.

Frantz sourit.

— Je sais où en trouver.

— Frantz...

— Ne t'inquiète pas, on ne volera personne.

— Comment va-t-on faire alors ?

— Suis-moi et tu verras.

La boutique

J'avais compris dès que j'ai vu Zina devant la boutique de sa mère. Je sais que Zina est prête à faire tout ce que Frantz désire. C'est simple : elle est folle de lui.

— C'est le moment, me dit Frantz, vas-y...

— Moi ? Je vais où ?

— T'as pas dix centimes ?

— Oui.

— Alors tu n'as rien à faire... Va seulement acheter quelque chose dans la boutique.

— Quelque chose.

— Un bonbon, n'importe quoi...

— Et après ?

— Merde, t'es devenu idiot... Je t'ai dit : tu ne fais rien.

— Juste ça ?

— Oui, juste ça.

Je faisais l'idiot pour énerver Frantz, mais j'avais compris depuis que j'avais vu Zina devant la boutique.

L'argent

Je suis entré dans la boutique en tremblant un peu. J'ai peur que la mère de Zina ne se pointe au même moment et ne me tombe dessus, comme il est arrivé à Rico avec la mère de Sylphise. La différence c'est que la mère de Zina, elle, n'hésiterait pas à appeler le sergent Bazile. Zina était derrière le comptoir. J'ai acheté un bonbon et j'ai payé.

— C'est Frantz qui t'envoie ?

— Oui, il est là-bas.

Je fais un signe en direction de la rue. Elle n'a rien dit. Elle a ouvert la caisse et m'a remis une poignée de pièces de monnaie. J'avais les deux mains pleines. Je ne savais plus quoi faire. Je n'arrêtais pas de suer. Mes mains tremblaient. Et si la mère de Zina arrivait à l'instant ? Je finirais ma vie en prison.

— Dis-lui que ma mère doit aller à la Petite Guinée faire une commission... Et que je vais l'attendre derrière l'église.

Je suis sorti de la boutique presque en courant. Quelques pièces sont tombées de ma poche et ont roulé par terre. Je ne me suis pas arrêté pour les ramasser. J'avais l'impression que tout le monde autour de moi était au courant de ce que je venais de faire.

LE PRIX

Aussitôt nous nous rendons chez Wilson. Frantz ne fait confiance qu'à Wilson pour sa bicyclette. Wilson était en train de manger. On l'a attendu dans le couloir. Une petite fille passe devant nous avec de la gazoline dans une cruche. Wilson est arrivé en s'essuyant la bouche avec la manche de sa chemise avant de s'accroupir pour regarder la bicyclette.

— Ta chaîne est foutue.

— Je le sais, dit Frantz.

— Qu'est-ce que tu as foutu avec ?

— Je suis allé dans la mer... C'est combien ?

Wilson est resté un long moment à se secouer la tête.

— Qu'est-ce que t'as fait ? T'es allé dans la mer avec une bicyclette ? Qu'est-ce que tu crois que c'est ? Un bateau. T'es fou ou idiot ?

— Les deux. C'est combien pour tout, Wilson ?

Wilson n'a pas levé les yeux. Il regardait encore la chaîne en secouant la tête.

— Toutes les dents sont foutues complètement... Il me faut scier tout ça... Quand je pense que t'es allé dans la mer avec une bicyclette ! Tu sais le nombre de gosses qui aimeraient avoir un vélo comme ça ?...

— Je ne sais pas, Wilson... J'étais triste... ?

Wilson s'est relevé lourdement.

« Tu paies tout de suite, mon ami. »

Wilson appelle tout le monde « mon ami ». Même ses ennemis. Une fois, il a dit à Killick : « Je vais être obligé de t'arracher les oreilles, mon ami. » Et il aurait pu le faire si Légype n'avait pas été là.

— Je peux revenir ce soir ? demande Frantz après avoir payé.

— T'es fou, mon ami, Fabien a déjà fermé son magasin. J'achèterai ta chaîne demain. Tu auras ta bicyclette demain midi.

Wilson a pris la bicyclette sans dire un mot de plus et l'a remisée dans la petite chambre noire derrière la salle à manger. Je m'attendais à une discussion assez rude à propos du prix.

— Pourquoi as-tu accepté son prix sans discuter, Frantz ?

— Wilson ne discute jamais de prix. S'il ne veut pas réparer une bicyclette, il ne la réparera tout simplement pas. Et tu pourras lui offrir ce que tu veux, mon vieux.

LA MOTOCYCLETTE

Il nous restait encore un peu d'argent. Légype nous a emmenés au marché du soir voir sa mère qui vend de la canne à sucre. Les visages des marchandes derrière les lampions. Légype a essayé de nous voler. Frantz a flairé le piège et on a quitté le marché. Juste en sortant, Wilson est arrivé en trombe sur sa vieille motocyclette. Il nous a évités de justesse. Il a continué sa route à travers le marché. Les cris des marchandes effrayées. Un chapelet de malédictions.

Parfois, il emmène sa vieille mère avec lui, qui le tient par la taille. Un soir, elle est tombée en plein milieu du marché. Wilson ne s'est aperçu de sa disparition qu'en s'arrêtant pour saluer le docteur Cayemitte qui lui a demandé des nouvelles de sa mère.

LES SEINS

Zina attendait déjà derrière l'église, assise sur les marches. Il faisait noir, mais on ne pouvait la manquer dans sa robe blanche presque phosphorescente. Frantz est allé s'asseoir près d'elle et après quelques minutes, je les ai vus se diriger derrière le petit bosquet de la maison du professeur Casamé. Je ne peux pas dire que Frantz l'ait embrassée, mais je sais qu'il a fait pire que ça à Sylphise. Il lui a même caressé les seins. Sylphise a de gros seins. Zina n'a presque pas de seins. C'est pas de sa faute, mais c'est comme ça. Ils sont restés là un bon moment. Qu'est-ce que je donnerais pour savoir ce qu'ils faisaient, en silence, dans le noir! Finalement, Zina est passée devant moi presque en courant. Elle avait le visage de quelqu'un qui venait de pleurer. Frantz m'a reconduit à la maison et je suis rentré me coucher. Da est restée sur la galerie à causer avec Zette.

SIXIÈME PARTIE

Chapitre xxx

Le matin fatal

Le déjeuner

Zina est passée tôt chez Sylphise. Elle s'assoit près de la table pour la regarder déjeuner. Pain et café. Zina aime l'odeur du café. Même quand on ne le boit pas, son odeur vous pénètre jusque dans les os. Le café que Sylphise boit n'est pas si bon. La mère de Sylphise a mis de l'eau dans son café. Une fille ne doit pas boire du café trop fort, qu'elle a dit. Sylphise a trempé, nonchalamment, son pain dans le café. Un morceau de pain trop mouillé est resté dans la tasse. Zina ne fait jamais ce mélange. Elle mange son pain sec et ne boit le café qu'après. Ce qu'elle aime vraiment, c'est prendre son café très fort et très sucré, puis boire lentement une tasse d'eau bien glacée. Elle pense à tout cela en regardant Sylphise traîner avec son déjeuner. Sylphise est insouciante. Elle n'a même pas fait ses devoirs, alors qu'elle avait toute la fin de semaine pour les préparer. Zina sort ses cahiers et les dépose sur la table, près de Sylphise.

LE PETIT BANC

Zina et Sylphise avaient rendez-vous avec Didi près de la grosse maison en bois des Rigaud, là où il y a eu ce terrible incendie, l'année dernière. Didi arrivait par la rue La-Paix, dans la direction opposée. Didi habite près de l'école des sœurs, mais, chaque matin, elle va les rencontrer au même endroit, à mi-chemin de chez Zina et Sylphise. La maison des Rigaud se trouve au centre du triangle dont les maisons de Zina, Didi et Sylphise forment les trois sommets. Elles ont l'habitude de s'asseoir un moment, sur le petit banc de la galerie des Rigaud, pour reprendre leur souffle.

LA RÉDACTION

— As-tu eu le temps de terminer la rédaction ?

— Oui, dit Zina.

— Quelle rédaction ? demande Sylphise.

— Comment, Sylphise, tu ne savais pas qu'il y avait une rédaction à faire sur l'accident de Galbaud ?

— Quel accident ?

Didi et Zina lèvent les bras au ciel.

— Quel accident ? demande Sylphise de nouveau.

— L'accident, répondent en chœur Didi et Zina.

Sylphise ouvre de grands yeux.

— L'accident de Galbaud. Il est tombé dans la mer avec sa voiture.

— Personne ne m'a rien dit... Pourquoi tu ne m'as rien dit, ce matin, Zina ?

— Pas ça. J'ai déjà eu un zéro, une fois, parce que tu avais écrit la même chose que moi.

— C'est normal, Zina, on voit les choses de la même manière.

Tout le monde se met à rire. Même Sylphise.

— Zina, dit Sylphise, j'ai pas de temps à perdre, il me faut ce devoir.

Le flot des élèves commence à grossir. Didi salue des amis qui passent dans la rue.

— Non, Sylphise, je te l'ai dit, c'est personnel. De toute façon, sœur Noël dit que nous ne sommes pas des jumelles, alors...

— Je me fous de sœur Noël... C'est mademoiselle Lezeska qui attend ce devoir.

— Alors, dis que tu n'étais pas ici, cette fin de semaine... Que ta mère t'avait emmenée à Miragoâne...

— Non, dis plutôt que tu ne connais pas le port, lance Didi...

— Dis pas de bêtises, Didi, sœur Noël n'avalera jamais ça.

— Oh Seigneur ! j'ai mal à la tête.

— Commence pas, Sylphise, ça ne marche pas avec moi, je te connais trop bien... Tu n'auras pas mon cahier de rédaction comme ça.

— Si tu commences à gémir, maintenant, dit Didi, tu n'auras aucune excuse pour sœur Noël... Et Dieu seul sait que tu en auras besoin, ce matin...

— Je ne blague pas... C'est vrai, je me sens mal... Didi, tu es vraiment méchante de dire ça... Laissez-moi seule... Je me sens mal et c'est tout ce que vous trouvez à dire... Allez, je ne veux plus vous voir...

— Tiens, tu peux prendre mon cahier, mais évite d'écrire exactement les mêmes mots... Je ne veux pas aller à la direction encore...

L'HYMNE

Elles reprennent la route en faisant bien attention d'arriver au moment où la sœur Noël s'avance sur le balcon pour sonner la rentrée. Les filles se ruent vers la cour. La sœur Noël intervient immédiatement. Le silence, puis l'hymne national.

> *Pour le pays*
> *pour les ancêtres*
> *marchons unis...*

Une grosse fille en profite pour donner à Sylphise une tape sur l'oreille. Vava se retourne à temps pour voir Philomène retirer vivement sa main. Zina donne un coup de pied à Philomène. La fille d'à côté donne à Zina un coup sur la tête.

> *Marchons unis*
> *Dans nos rangs, point de traîtres.*
> *Du sol, soyons seuls maîtres.*

La sœur Noël a tout vu. Elle pince ses lèvres minces comme des lames de rasoir. Ses yeux lancent des éclairs. Elle continue de battre la mesure avec cette grande règle tout en regardant dans la direction du groupe. C'est fini. Tout le monde rentre en classe.

— Vous cinq, là-bas, allez m'attendre à la direction.

— Je n'ai rien fait, répond Didi.

— Je le sais très bien, mais vous faites encore partie du groupe, je crois, dit la sœur avec un mélange d'ironie et de cruauté.

LE GROUPE

Didi, Vava, Zina et Sylphise, à la vie comme à la mort. Au cœur de tout cela, le beau Frantz.

Didi regarde par la fenêtre de sa classe passer une vache qui lui jette un sourire triste.

CHAPITRE XXXI

Dieu

L'OISEAU

Le frère Simon entre dans la classe avec sa soutane tachée de graisse et ses ongles sales. Il sent le tabac comme un bouc. Le frère Simon vient de la Bretagne. Il enseigne le français. Le frère Simon a la mauvaise habitude de nous faire prier en silence dès qu'il entre dans la classe. On se met à genoux sur nos sièges respectifs. La tête baissée. En silence. Soudain un cri d'oiseau. Tout le monde se tourne spontanément vers la fenêtre. Un autre cri. Le frère Simon tend l'oreille. Le cri est au milieu de nous. Le frère marche dans les allées en regardant chacun de nous droit dans les yeux. Un cri plus perçant. Le frère se retourne brusquement et attrape Rico par le collet. Il ouvre son bureau. Un pauvre oiseau atterré regarde le frère d'un air triste avant de pousser un cri terrible. On voit le fond de son gosier et sa petite langue presque attachée à son palais.

ODEURS

— Que fait cet oiseau ici ?

— Je ne sais pas, cher frère, lui répond Rico.

— Et moi alors ?

— Je ne sais pas, cher frère.

— Si tu ne le sais pas, connais-tu, au moins, quelqu'un qui pourra nous renseigner là-dessus ?

— Je ne sais pas, cher frère.

Je regarde la mâchoire carrée de frère Simon tout à côté de moi. Il me frôle avec sa soutane qui sent la pisse et le tabac. Je suis très sensible aux odeurs. J'arrête de respirer sinon je vais tomber en syncope.

— Je ne sais pas, cher frère.

— Figure-toi que je sais, moi, et que je vais te dire ce qu'il fait là...

— Il chante, cher frère.

— Non, il crève parce que tu l'as caché là, mais tu vas le prendre avec toi pour aller à la direction...

Pauvre Rico.

QU'EST-CE QUE DIEU ?

Le frère Hervé nous dit toujours qu'il faut comprendre ce qu'on récite. L'homme est un animal doué de raison. Nous ne devons pas tout répéter comme des perroquets. Le frère Hervé, lui, enseigne la religion.

— Je vais vous poser la question la plus simple et la plus importante en religion... D'abord trouvez-moi cette question.

Personne ne répond. Le frère fait toujours ça. Il veut qu'on lui dise la question qu'il va nous demander. C'est comme ça qu'il enseigne. On attend près de deux minutes. Il nous regarde avec un petit sourire au coin des lèvres. J'ai toujours pensé que le frère Hervé était un parfait imbécile.

— Qu'est-ce que Dieu ? C'est la question. Qu'est-ce que Dieu, Bernadotte ?

Bernadotte est un sinistre imbécile qui est toujours le premier de sa classe. Un jour, Frantz lui a cassé la gueule, juste pour ça. « T'es pas fatigué d'être le premier ? » Bernadotte est resté à pleurer dans l'urinoir. Le mois suivant, il a été deuxième. Ce fut la seule fois qu'il n'a pas été le premier.

— Dieu est un pur esprit... commence à répondre Bernadotte.

— Arrête-toi là... Dieu est un pur esprit, dit-il, l'air rêveur, c'est déjà assez pour aujourd'hui.

On commence à ramasser nos affaires.

— Comment ça, tonne le frère Hervé, j'ai pas dit de partir... Dieu est un pur esprit, c'est déjà assez pour occuper nos esprits médiocres... Merci, Bernadotte... Et maintenant, Lochard, dites-nous ce qu'est un pur esprit ?

Lochard se lève. C'est lui qui était le premier la seule fois que Bernadotte ne l'a pas été. Bernadotte et lui étudient ensemble. Ils habitent en haut de la rue, près de la maison des Devieux, juste avant de traverser la rivière.

— Un pur esprit est un esprit sans tache.

— Pas mal... C'est vrai qu'un pur esprit est sans tache, mais ce n'est pas tout à fait ça, Lochard, disons que ce n'est pas assez...

C'est mon tour. Je suis assis à côté de Lochard. Il va me désigner. Qu'est-ce qu'un pur esprit ? J'ai envie de répondre : l'oiseau qui vole.

— Coutard, qu'est-ce que t'en dis ?

Il m'a sauté. Frantz ne s'y attendait pas.

— Un pur esprit est un esprit pur.

Rires dans la classe.

— Espèce de simple d'esprit...

Il me désigne.

— Dis-nous, toi, ce qu'est un pur esprit ?

Je me lève lentement, en souriant. J'ouvre la bouche comme au ralenti. La cloche sonne.

Chapitre XXXII

Le cycliste fou

Le mur

Frantz est allé chercher sa bicyclette dans le petit buisson près de la fontaine. Il a vu la bicyclette de Bernadotte, celle de Philibert, celle de Lochard, mais pas la sienne. Pourtant, c'est ici qu'il la laisse chaque jour, contre le petit mur qui sépare la cour de l'école du jardin des Laviolette. Il y a un gros chien posté en permanence derrière le mur qui jappe dès qu'on essaie d'entrer dans le jardin des Laviolette. Il y a des mangues succulentes dans ce jardin. Une fois, Frantz a sauté par-dessus le mur. Le chien est tout de suite arrivé sur lui en jappant comme un malade. Frantz lui a foutu un terrible coup de pied sur la gueule et on a eu la paix pendant une semaine. Qui a pris la bicyclette de Frantz ? Sûrement pas le chien qui se met à gémir chaque fois qu'il voit Frantz.

Le fou

Qui aurait pu voler un tel tas de ferraille ? Personne, sauf Aurélien. Frantz le voit passer, les mains sur la tête, pédalant avec le sourire aux lèvres. Aurélien n'a pas toujours été fou. C'était un honnête maçon qui travaillait dans l'équipe de Desroches. Un jour, il a raconté qu'il a donné un coup de poing à un âne et l'a tué. Les gens ont commencé à le taquiner à propos de ça. Il n'a pas du tout aimé. Au lieu de rire, il s'est fâché. Et c'est là que tout a commencé à mal tourner. Il s'est mis à lancer des pierres aux gens. Les enfants se mettaient à crier : « Hi-han, hi-han » dès qu'il apparaissait quelque part et c'est ainsi qu'un jour il a tout quitté, métier, femme et enfants, pour prendre la rue, nuit et jour, à la poursuite de ceux qui se moquaient de lui en faisant l'âne.

La course

Frantz file derrière Aurélien qui tourne à droite sur la rue Dessalines. La bicyclette passe tout droit devant l'école privée de Maurice Bonhomme pour entrer directement dans le marché. En plein midi. Aurélien franchit le marché comme si la place était vide. Les marchandes se jettent à droite et à gauche, lui faisant un chemin sans obstacle. Frantz reste sur ses talons. Aurélien tourne à gauche et prend la direction des casernes. Il passe à une telle vitesse devant le soldat en poste, sous la guérite, près du cocotier, que celui-ci n'a pas eu le temps de l'arrêter. Un sergent est arrivé et, sans poser aucune question, il a pris la bicyclette des mains d'Aurélien pour la rendre à Frantz.

— Tu m'avais promis de ne pas recommencer, lui dit le sergent Bazile.

Aurélien garde la tête baissée.

— N'est-ce pas que tu me l'avais promis ?

Aurélien fait mine de partir.

— Où vas-tu alors ?

— Par là. Il pointe le doigt dans la direction du marché.

— Reste donc, tu mangeras avec nous.

— Oui, mais je pars après.

— Qui t'a jamais retenu ici ?

Le sergent Bazile fait signe à Aurélien de le suivre. Un groupe de soldats rentre au pas dans la cour des casernes. Un prisonnier s'amène avec, sur la tête, un grand plat de bananes et de poissons frits.

Chapitre XXXIII

La mort

L'ÉVANOUISSEMENT

Sylphise était assise sur le petit banc de la maison des Rigaud. Sa tête appuyée contre l'épaule de Zina. Elle gardait les yeux fermés. Frantz est arrivé deux minutes après moi.

— Je peux la déposer, Zina.

Sylphise relève légèrement la tête et sourit faiblement.

— Non, Frantz, dit Zina, elle a trop mal à la tête. Elle ne pourra pas aller à bicyclette.

— Qu'est-ce que tu vas faire ?

— On va attendre que le chauffeur de Devieux passe et je lui demanderai de nous emmener chez Sylphise… C'est le cousin de sa mère.

— Et s'il ne passe pas ?

— Il passe toujours.

LA FOLLE

Da a fait du maïs moulu. J'aurai mal au ventre. Chaque fois que je mange du maïs moulu, j'ai des crampes terribles. Et pourtant j'adore le maïs. Avec une bonne sauce piquante et deux tranches d'avocat. Un avocat violet que Da achète d'une femme de Petite Guinée. Je ne dis jamais à Da que le maïs me donne mal au ventre, sinon elle n'en fera plus. J'essaie de manger lentement parce que je remarque que c'est plus dur quand je mange trop vite. Je mange tout en regardant par la fenêtre. La fenêtre de la salle à manger donne sur le parc communal. Je vois passer Miracine, la folle. Elle est habillée tout de noir. Un pot de chambre sur la tête en guise de chapeau. Les longues tresses de ses cheveux emmêlés, pleins de boue, lui descendent jusqu'à la taille. Miracine hurle à la mort.

« Aïe! Aïe! Aïe! Malédiction sur nos têtes. Malheur sur les enfants d'Israël! Babylone, Babylone, Babylone, trois fois Babylone, la grande, tu mangeras tes propres entrailles. Babylone, tu pleureras des larmes de sang… Aïe! Aïe!»

LA NOUVELLE

Zette ouvre sa fenêtre.
— Qu'est-ce qu'il y a, Miracine?
— Gros Simon vient de gagner le gros lot.
— Gloire à Dieu!
— Et sa fille vient de mourir au même moment.
— Satan!
La fenêtre se referme brusquement.

LA MORT

J'ai laissé l'assiette sur la table. Je ne sais pas combien de temps je suis resté sans bouger. Oginé est arrivé dans le parc avec le cheval de Naréus qui s'est mis à piaffer et a failli donner un coup de pied à Miracine. Miracine est partie en jurant, l'écume à la bouche. Frantz est passé me prendre un peu plus tard. Nous avons marché jusqu'au terrain de football. Il n'y avait personne. Aucun joueur. Frantz a ramassé une pierre qu'il a lancée très haut dans le ciel. Elle est retombée dans la cour de l'école des sœurs. Le gardien est sorti. On a fait semblant de ne rien savoir. Un oiseau est passé à notre hauteur en criant à tue-tête. On a marché tout droit jusqu'à la mer.

SEPTIÈME PARTIE

CHAPITRE XXXIV

Les choses de la vie

NUAGE

Le docteur Cayemitte est descendu du camion de Gros Simon devant notre galerie. Gros Simon est venu féliciter Da pour avoir fait peindre le toit, enfin.

— Da, vous ne savez pas ce que vous avez fait là. J'allais rayer la rue Lamarre de mon parcours. Et c'est impossible, puisque j'ai toujours des marchandises à débarquer chez le Syrien ou chez Abraham.

Da hausse les épaules.

— Da, j'ai une lettre pour vous.

Gros Simon donne la lettre au docteur Cayemitte qui la transmet à Da. Gros Simon remonte dans le camion qui repart lentement dans un craquement. Le camion neuf. Malgré tout, Marquis s'élance, toutes griffes dehors, derrière les gros pneus du camion. Un petit nuage de poussière enveloppe Marquis.

L'ODEUR DE L'IODE

J'ai toujours aimé l'odeur du docteur Cayemitte. Il sent la teinture d'iode qu'il passe la journée à préparer dans l'arrière-boutique de sa pharmacie de la rue Pétion. Il a toujours le bout des doigts rouges. J'ouvre la bouche. Il me met son gros doigt sur la langue et regarde longuement l'intérieur de ma gorge. Ensuite, il inspecte mes yeux en me demandant de regarder à droite et à gauche.

Le docteur Cayemitte se tourne vers Da en souriant.

— Ce qu'il faut à ce garçon, Da, c'est de l'exercice.

Da lui jette un regard étonné.

— Et vous avez attendu la fin des vacances pour me dire ça, docteur.

— Quelles vacances !

— Les vacances, dit Da d'un ton inquiet.

Le docteur Cayemitte se frappe le front.

— C'est pour ça qu'ils sont dans mes jambes tout le temps.

Un temps.

— Eh bien, faites-lui prendre des vacances durant l'année scolaire.

— Vous n'êtes pas bien, docteur.

— Laissez courir ce garçon, Da, c'est tout ce qu'il lui faut. Bon, faut que j'y aille... J'ai une partie d'échecs avec Loné et ce diable d'homme ne me laisse aucune chance.

Le docteur Cayemitte descend de la galerie, fait quelques pas pour revenir rendre à Da la petite bouteille de pisse jaune.

— Tout va bien, Da. Ce garçon est prêt à apprendre toutes les bêtises qu'on va lui fourrer dans le crâne, de gré ou de force.

— Et c'est comme ça qu'on devient docteur plus tard.

Le docteur Cayemitte riait encore lorsqu'il tourna le coin vers la maison du notaire Loné, à la rue Desvignes.

LA LETTRE

C'est une lettre de ma mère. Elle a envoyé un peu d'argent pour la rentrée scolaire. J'ai besoin d'un nouveau sac. Da ira l'acheter chez Fabien, en même temps que la bicyclette rouge qu'elle me promet chaque année. Ma mère a écrit sa lettre au crayon. C'est plus difficile à lire. Da ne voit plus assez bien pour lire. C'est moi qui la lis. Tante Ninine a trouvé du travail à la poste. Elle vend des timbres aux collectionneurs. Tante Gilberte enseigne dans une petite école à Source Matelas, pas trop loin de Port-au-Prince. Elle passe la semaine là-bas. Tante Raymonde ne travaille pas encore. Tante Renée, non plus. Ma mère dit qu'elle envoie cet argent pour acheter des crayons, une règle, des cahiers et des porte-plumes. Elle achètera les livres directement chez Deschamps et c'est madame Midi qui me fera l'uniforme de la semaine et le petit costume du dimanche pour la messe. Le reste de l'argent servira à payer les imprévus. Elle nous embrasse bien fort, Da et moi.

LA JUMENT

Oginé est passé avec la jument de Chaël Charles bien pleine. Naréus est entré dans une colère noire quand il a su ça. La jument marche en écartant légèrement ses pattes arrière. Avec sa queue, elle chasse les mouches qui lui dévorent les yeux. Le ciel commence à devenir plus sombre. Les canards de Naréus traversent la rue et entrent tranquillement dans la cour de Cornélia. Le sabot de la jument a failli écraser un petit canard. La mère est revenue sur ses pas pour engueuler la jument.

LES FOURMIS

Chaque fois qu'il va pleuvoir, je remarque que les fourmis s'affairent de plus en plus. Elles doivent rentrer les marchandises rapidement, sinon c'est la faillite. Même les fourmis ailées se mettent au travail, alors qu'elles ne font rien en temps normal. Zette ramasse son linge. Les fourmis se frottent le nez quand elles se croisent. Et dès qu'il y a un mort parmi elles, elles se tiennent toutes autour du mort jusqu'à ce que les brancardiers arrivent et le ramènent dans le trou.

LE SOLEIL APRÈS LA PLUIE

Da n'a pas eu le temps de rentrer sa chaise que le soleil était de nouveau là. Les fourmis ressortent gaiement de leur trou. Elles reprennent avec leur fébrilité coutumière le travail laissé en plan à cause de la pluie. Les dégâts sont importants. Un morceau de brique a été emporté. Cette brique soutenait la fourmilière. Des gens passent dans la rue en racontant l'histoire de Gros Simon et de sa fille.

— Il y en a qui sont vraiment prêts à tout faire pour de l'argent, dit Thérèse.

— Oui, ma chère.

JEU

Auguste remonte la rue avec un ballon neuf, suivi d'une dizaine de joueurs dont la majorité vient de la Petite Guinée. Camelo va les entraîner. Ils vont directement au grand terrain en passant derrière la maison de Batichon. Je les regarde marcher, les jambes bien écartées, à cause des chaussures à crampons.

LÉZARD

Un lézard vert couché près de la chaise de Da. Il feint de dormir pour essayer d'attraper une mouche. Da se sert une tasse de café. Une goutte de café chaud tombe sur la tête du lézard qui file vers le parc communal.

FIN D'APRÈS-MIDI

Personne dans la rue. Sauf Marquis qui remonte la pente en dansant presque.

Chapitre XXXV

La fenêtre

La clé

La première fois que le notaire Loné enjamba la fenêtre ce fut tout simplement parce qu'il avait oublié sa clé. Il éprouva, étonnamment, un très vif plaisir. Il ne le refit pas, malgré tout, ce jour-là.

Deux jours plus tard, le notaire Loné, en revenant de sa promenade quotidienne, tenta de refaire le coup de la fenêtre. Malheureusement, c'était un samedi et il y avait un monde fou dans la rue.

Durant la semaine suivante, le notaire Loné prit l'habitude de ne plus passer par la porte pour rentrer chez lui.

Ce n'est qu'après un mois de ce régime que quelqu'un rapporta ce comportement bizarre à Zette qui en parla à Da. Le lendemain, la ville entière était au courant.

Dans l'après-midi du jeudi du milieu du mois de septembre, les gens se sont rassemblés près de la maison du notaire Loné pour l'attendre. Il revenait de jouer aux échecs chez Passilus. Le notaire marchait calmement vers sa maison. Il grimpa les marches qui mènent à sa galerie et se dirigea, spontanément, vers la fenêtre. Il s'arrêta à mi-chemin. Pour la première fois, il pensa revenir à sa vieille méthode de passer tout simplement par la porte. Le notaire hésita longuement, puis prit la fatale décision d'aller vers la fenêtre. Au moment de l'enjamber, il se retourna. Il n'y avait personne dans la rue. Les gens s'étaient cachés partout : derrière les arbres, dans les maisons, sur les toits, dans les hautes herbes. On n'entendit pas un bruit.

Le notaire Loné de la rue Desvignes, assez lestement, franchit la fenêtre. Une fois de trop.

Chapitre XXXVI

Le temps

La maison

Augereau n'a même pas le temps de saluer Da qu'elle lui offre une tasse de café. Augereau refuse en disant que Da n'aura aucune envie de lui offrir quoi que ce soit quand il lui aura parlé.

— T'as des nouvelles de Port-au-Prince ?

— Non, Da.

— Dis-moi si c'est une de mes filles ?

— Non, Da.

— Augereau, je ne te pardonnerai jamais si tu ne me parles pas clairement... Il est arrivé un accident à Gilberte ou à Raymonde, ça ne peut être Renée parce que, hier, j'ai vu son ami Antoine qui...

— Non, Da. Je vous ai dit non. Il n'est rien arrivé à aucune de vos filles... Enfin, à ma connaissance...

— Ah ! vous commencez à parler.

— C'est ce que je me tue à vous dire, Da, depuis tout à l'heure.

— Alors, Augereau, c'est quoi cette catastrophe ?

— Da, c'est la maison.

— Qu'est-ce qu'elle a ?... Oui, je sais qu'elle coule, j'ai demandé à Absence de venir voir ça depuis une semaine... Quand il va venir acheter du tafia chez Mozart, je lui en parlerai encore...

— Non, Da. Je viens au nom de Bombace.

— Ah ! ce vautour... Je le savais... Ça fait un temps qu'il rôde autour de moi... Qu'est-ce qu'il veut, Augereau ? Il veut acheter la maison.

— Non, Da.

— Comment ça ! ? Augereau, qu'est-ce que tu me caches ?

— Il l'a déjà achetée, Da.

Da ne dit rien.

— C'est le père qui l'a vendue. Il devait trouver de l'argent pour construire sa guildive.

Après un long silence :

— Ah ! c'était ça. Je m'en doutais bien. Je me demandais toujours où il prenait cet argent. Il me disait qu'il avait vendu ses terres de la Plaine. Au moins, on a la guildive.

Augereau secoue la tête.

— Non, Da. Il a dû emprunter encore de l'argent à Bombace, ce qui fait que la guildive est aussi à Bombace.

— Et c'est toi, mon fils, qui viens me dire ça. Je t'ai vu passer devant ma galerie, tu n'avais pas cinq ans. Tu courais nu comme un ver. Et c'est toi qui me poignardes dans le dos, aujourd'hui...

Augereau baisse la tête.

— Non, Da, je ne vous poignarde pas. Je donnerais dix ans de ma vie pour n'avoir pas à faire ce que je fais aujourd'hui. Da, vous faites partie de ma vie. Vous m'avez vu grandir. Ma mère disait toujours :

"Da est sur la galerie aussi fidèlement que le soleil se lève chaque matin." Et mon père ajoutait, en riant : "Plus fidèlement, car ce n'est pas tous les jours que le soleil se lève." Je vous ai vue toute ma vie, Da, à cette même place... C'est important pour moi... Plus important que mon travail à la Maison Bombace...

— Merci, Augereau... Tout ça est bien beau, mais je me retrouve sans toit au-dessus de ma tête avec mon petit-fils malade. Qu'est-ce qu'il faut que je fasse, Augereau ?

Une fourmi a eu le temps de partir de la chaise de Da pour aller jusqu'à l'ancienne balance.

— Restez assise, Da. Du moment que vous êtes assise, personne ne pourra vous faire bouger. La montagne ne bouge pas. Faites comme si vous ne saviez rien.

— Et toi, mon fils ?

— Je vais faire mon rapport en disant que je vous ai avertie. C'est ça, mon travail, vous avertir. C'est rien d'autre.

Un autre silence. Da aspire une bonne bouffée d'air, se cale encore plus profondément dans sa chaise et ferme, un bref instant, les yeux.

— Veux-tu une tasse de café, Augereau ?

— Avec plaisir, Da.

Augereau respire le café un bon coup avant de prendre sa première gorgée. Le reste, c'est l'affaire du temps.

Chapitre XXXVII

Le monde

Chaque jour, la voiture noire repasse, en sens inverse, vers six heures du soir. Le passager, assis sur le siège arrière, a mon âge. Le vieux Devieux a un fils et son fils a, lui aussi, un fils. C'est ce dernier qui revient du magasin. Je le vois toujours de profil. Il s'assoit bien droit. Le regard fixe. Il a dix ans comme moi. Da dit que c'est la quatrième génération de Devieux qu'elle voit passer devant sa galerie.

Le monde a changé, dit Da, mais les Devieux n'ont pas changé.

CHAPITRE XXXVIII

Le livre
(trente ans plus tard)

J'ai écrit ce livre pour toutes sortes de raisons.

Pour faire l'éloge de ce café (le café des Palmes) que Da aime tant et pour parler de Da que j'aime tant.

Pour ne jamais oublier cette libellule couverte de fourmis.

Ni l'odeur de la terre.

Ni les pluies de Jacmel.

Ni la mer derrière les cocotiers.

Ni le vent du soir.

Ni Vava, ce brûlant premier amour.

Ni le terrible soleil de midi.

Ni Auguste, Frantz, Rico, mes amis d'enfance.

Ni Didi, ma cousine, ni Zina, ni Sylphise, la jeune morte, ni même ce bon vieux Marquis.

Mais j'ai écrit ce livre surtout pour cette seule scène qui m'a poursuivi si longtemps : un petit garçon assis aux pieds de sa grand-mère sur la galerie ensoleillée d'une petite ville de province.

Bonne nuit, Da !

DOSSIER

DANY LAFERRIÈRE

Chronologie

1953   Le 13 avril, naissance de Dany Laferrière à Port-au-Prince. Il est le fils de Windsor Klébert Laferrière, journaliste et syndicaliste, et de Marie Nelson, archiviste.

1957   L'enfant est envoyé à Petit-Goâve chez sa grand-mère Amélie Jean-Marie, dite Da, et son grand-père Daniel Nelson, officier d'état civil et spéculateur en denrée (café). Cette enfance heureuse sera longuement décrite dans deux livres de l'auteur, *L'Odeur du café* et *Le Charme des après-midi sans fin*.

« J'ai tout appris de cette époque que je considère comme une parenthèse de bonheur dans ma vie », dira l'auteur en 1991 dans une interview au quotidien *La Presse*. François Duvalier prend le pouvoir.

1959   Windsor Laferrière est envoyé comme diplomate en Italie et, quelque temps plus tard, en Argentine. Un exil déguisé. Il ne retournera plus jamais dans son pays.

1964 — Une épidémie de malaria force Da à envoyer l'enfant à Port-au-Prince où il rejoint sa mère et ses tantes.

1964-1972 Études secondaires au Collège canado-haïtien, chez les frères du Sacré-Cœur.

1971 Mort de François Duvalier, président à vie depuis 1964. Son fils Jean-Claude lui succède.

1972 Dany Laferrière commence à publier de petits portraits de peintres dans les colonnes du *Nouvelliste,* le plus vieux quotidien d'Haïti. Le directeur, Lucien Montas, guide le jeune chroniqueur en lui suggérant de faire court dans un style simple. « Je n'ai jamais oublié ces deux conseils », dira-t-il plus tard.

1973 L'auteur fréquente assidûment les grands peintres primitifs (Rigaud Benoit, Jasmin Joseph, Saint-Brice) qui se réunissent chaque samedi au Centre d'art de la Rue du centre. Il visite les galeries d'art, court les expositions des nouveaux peintres modernes dont les chefs de file sont Jean-René Jérôme et Bernard Séjourné. Il travaille alors au *Nouvelliste,* à l'hebdomadaire politico-culturel *Le Petit Samedi Soir* et à Radio Haïti-inter.

1974 L'auteur s'intéresse à un nouveau groupe littéraire qui fait sensation à Port-au-

Prince : le spiralisme. Leur credo : « Rien n'est définitif en littérature, une œuvre pourrait être achevée. » L'auteur interviewe pour *Le Petit Samedi Soir* l'écrivain Franck Étienne qui vient de faire paraître une bombe : *Ultravocal,* un livre qui va changer la littérature haïtienne, la sortir, selon la critique de l'époque, du ronron folklorique.

1976 La situation politique se complique, de nouveaux partis voient le jour. La presse montre les dents. Le gouvernement américain exige des élections. On conteste la présidence à vie de Jean-Claude Duvalier. L'auteur, comme journaliste au *Petit Samedi Soir,* est aux premières lignes de ce combat. Le pouvoir réplique en faisant assassiner le journaliste le plus intrépide : Gasner Raymond, ami intime de Laferrière. Lui-même en danger, il quitte Haïti en secret et arrive à Montréal.

1980 Naissance d'une première fille.

1976-1982 Au Québec, Laferrière fait divers métiers et tente de s'adapter à son nouveau pays. Époque de la drague, du vin, des repas simples, du salaire minimum et des chambres crasseuses et ensoleillées.

1982 Sa femme et sa fille viennent s'installer avec lui à Montréal. Fin de l'époque bohème. Il commence à écrire un roman.

1985 Parution de *Comment faire l'amour avec un nègre sans se fatiguer,* premier roman de l'auteur. C'est un des événements marquants de la saison littéraire au Québec.

1986   La nouvelle télévision Quatre Saisons engage Dany Laferrière qui devient le premier Noir à travailler dans une salle de nouvelles d'une chaîne nationale au Québec. Relégué très vite à la météo, il réinvente le genre en sortant le premier dans la rue et en introduisant dans ses capsules un mélange de gaieté et d'humour. L'auteur devient une figure aimée du grand public.

1987   Parution d'*Éroshima*.

1989   Sortie du film tiré de *Comment faire l'amour avec un nègre sans se fatiguer*. La critique est généralement négative, mais le public est enthousiaste. Le film sera projeté dans plus de cinquante pays. Laferrière devient chroniqueur à *La bande des six*, le magazine culturel de Radio-Canada. Le style des chroniqueurs, libre, direct, dur parfois, fera de cette bande de chroniqueurs des critiques redoutés.

1990   L'auteur quitte tout, surtout l'hiver, avec sa femme et ses trois filles. Il s'installe à Miami (Floride). Il se consacre à l'écriture.

1991   Parution de *L'Odeur du café* (prix Carbet de la Caraïbe); 1992, *Le Goût des jeunes filles*; 1993, *Cette grenade dans la main du jeune nègre est-elle une arme ou un fruit?* 1994, *Chronique de la dérive douce*; 1996, *Pays sans chapeau*; 1997, *La Chair du maître* et *Le Charme des après-midi sans fin*. Ces livres se sont retrouvés sur la liste des meilleurs vendeurs au Québec et ont bénéficié partout de critiques favorables.

Bibliographie[1]

Comment faire l'amour avec un Nègre sans se fatiguer, Montréal, VLB éditeur, 1985 ; Paris, Le Serpent à Plumes, 1999.

Éroshima, Montréal, VLB éditeur, 1987 ; Montréal, Typo, 1998.

L'Odeur du café, Montréal, VLB éditeur, 1991 ; Montréal, Typo, 1999 ; Paris, Le Serpent à Plumes, 2001.

Le Goût des jeunes filles, Montréal, VLB éditeur, 1992.

Cette grenade dans la main du jeune Nègre est-elle une arme ou un fruit ?, Montréal, VLB éditeur, 1993 (épuisé) ; Montréal, Typo, 2000 (épuisé) ; nouvelle édition revue par l'auteur, Montréal, Typo, 2002.

Chronique de la dérive douce, Montréal, VLB éditeur, 1994.

Pays sans chapeau, Montréal, Lanctôt éditeur, 1996 ; Paris, Le Serpent à Plumes, 1999 ; Montréal, Lanctôt éditeur, coll. « Petite collection Lanctôt », 1999.

La Chair du maître, Montréal, Lanctôt éditeur, 1997 ; Paris, Le Serpent à Plumes, 2000.

---

1. Cette bibliographie n'inclut pas les nombreuses traductions.

Le Charme des après-midi sans fin, Montréal, Lanctôt éditeur, 1997 ; Paris, Le Serpent à Plumes, 1998.

J'écris comme je vis. Entretien avec Bernard Magnier, Montréal, Lanctôt éditeur, 2000 ; Paris, Éditions La passe du vent, 2000.

Le Cri des oiseaux fous, Montréal, Lanctôt éditeur, 2000 ; Paris, Le Serpent à Plumes, 2000.

Je suis fatigué, Montréal, Lanctôt éditeur, 2001 ; Paris, Initiales, 2001.

Table

TYPO
TITRES PARUS

(C) : contes ; (D) dictionnaire ; (E) : essai ; (F) : fiction ; (H) : histoire ;
(N) : nouvelles ; (P) : poésie ; (Ré) : récits ; (R) : roman ; (T) : théâtre

Cet ouvrage composé en Sabon corps 10
a été achevé d'imprimer au Québec en novembre deux mille neuf
sur papier Enviro 100 % recyclé pour le compte des Éditions Typo.